CW00449217

LE FENICI

NARRATIVA

In copertina: illustrazione di Gianluigi Toccafondo
Grafica di Guido Scarabottolo

Per essere informato sulle novità
del Gruppo editoriale Mauri Spagnol visita:
www.illibraio.it
www.infinitestorie.it

MARCO VICHI
LA VENDETTA

UGO GUANDA EDITORE
IN PARMA

LA VENDETTA

a me medesmo

E questa non è forse la finzione di Dio,
per giustificare il fallimento della creazione? Chi è colpevole? Chi dà l'incarico
o chi lo accetta? Chi vieta o chi non
osserva il divieto? Chi emana le leggi o
chi le infrange? Chi concede la libertà o
chi se la prende?

FRIEDRICH DÜRRENMATT

Rocco si grattava la pancia, vicino all'ombelico, si grattava fino a farsi quasi uscire il sangue. Pulci delle più affamate. Abbassò gli occhi e si guardò le scarpe. Chiamale scarpe. C'era più vento là dentro che tra le gambe di una puttana. Tossì forte. Da qualche parte dentro di lui qualcosa stava marcendo, lo sentiva dall'odore che gli saliva in bocca, acido e dolciastro come la pelle dei morti. A volte gli sembrava di aver perso il cervello. Il mondo era diviso in due, in alto la bellezza e in basso l'immondizia. Lui viveva nell'immondizia. E chi vive così alla fine perde il cervello, diventa un'ombra sporca in questa porca vita. Rocco lo sapeva bene, ma che poteva farci. Non sempre si poteva cambiare il proprio destino. Lui a dire il vero lo aveva cambiato, ma in peggio. Secoli fa aveva tutto e adesso non aveva più niente, a parte qualche dente per masticare alla meglio quello che trovava nella spazzatura.

Continuava a grattarsi la pancia, seduto sulla panchina. C'era il sole, alto nel cielo. Quello ancora non costava nulla. Davanti a lui scorreva il fiume, lento e sempre uguale, come la sua vita. Le scarpe. Quali scarpe? Mosse le dita dei piedi. Dita lerce che si agitavano come ragni. Le scarpe, cazzo. Era un pezzo che non rubava un bel paio di scarpe. Per camminare, solo per camminare. Una volta, molti anni prima, le aveva rubate al mercato del martedì, nel parco lungo il fiume. Aveva dovuto farlo. Si era addormentato su una panchina e si era svegliato senza scarpe. Qualche figlio di troia lo aveva fatto fesso. Forse era stato qualcuno più disgraziato di lui, o magari una banda di ragazzini annoiati. Era terribile il senso di nudità che aveva provato alzandosi in piedi senza scarpe. Ma ancora peggio era il freddo. Lo sentiva salire dai piedi su fino alle ginocchia. Rubare le scarpe a lui, che ci viveva sopra... cazzo! Non che fossero granché, gonfie e slabbrate, sudicie da tramortire umani e uccidere insetti, ma erano meglio di niente. Andare in giro a piedi nudi lo riempiva di vergogna. Si era messo a cercare nell'immondizia come un forsennato, sperando di trovare delle scarpe vecchie, ma aveva trovato tutta la merda del mondo tranne un paio di scarpe. Piedi ghiacciati e induriti, in tasca solo cento lire del Vaticano, lucide lucide. Non le aveva mai spese perché erano un ricordo, anche se non sapeva più di cosa.

Vagando per la città con aria desolata era capitato al mercato, e ci si era buttato in mezzo. La gente si apriva al suo passaggio, scandalizzata da quel mostro con i piedi nudi, inaccettabile tra piedi scarpati. Leggeva nei loro sguardi la paura di finire nello stesso modo e la voglia di dimenticare subito quella scena disgustosa. Lui se ne fregava, aveva una missione. Aveva puntato diritto verso una distesa di scarpe in bella vista sopra una bancarella. Cosa aveva fatto di male per non meritarsi nemmeno un paio di scarpe? Scegliere un quarantatré era stato naturale come respirare. Ci aveva infilato dentro le due mani ed era scattato via correndo come un animale inseguito, battendo con i piedi dei gran colpi secchi sull'asfalto gelato. Aveva deviato la corsa sulla terra fangosa del parco, facendo un rumore di schiaffi. Dietro sentiva urlare e bestemmiare. Lo scarpaio lo aveva rincorso gridando t'ammazzo, come se stesse inseguendo un mostro. La corsa che aveva fatto per staccarsi dal culo quella bestia gli aveva ridotto i piedi come salsicce. Dopo qualche ora le dita erano diventate viola, gonfie da fare schifo. Ma finalmente poteva chiuderle in un paio di scarpe. Per qualche giorno aveva continuato a sentire nelle orecchie le urla disperate del mercante, derubato e fregato nell'onore. Tutto quel puzzo per un paio di scarpe! Cosa avrebbe dovuto fare, lui? Vivere a piedi nudi per il resto della vita? Era novembre, porca di una...

Ma tutto questo era successo molto tempo fa, quando riusciva ancora a correre. Se ci provava adesso lo raggiungevano in tre secondi e lo facevano nero. O magari per la corsa gli si staccava il cuore e gli finiva nelle mutande, vallo a sapere.

Ora le scarpe gliele regalavano nelle parrocchie, certi preti buoni. Prendere e ringraziare. *Provatele subito, vediamo come ti stanno. Meno male che al mondo ci sono persone generose, veri cristiani. Oh, ti stanno benissimo. Adesso vieni di là che ti diamo anche una bella minestra.* Così sì che gli sembrava di rubare, di rubare a se stesso. Un bambino... lo trattavano come un bambino. Un uomo che vive in mezzo a una strada, anche se ha settant'anni lo trattano come un bambino.

Gli scappò un rutto e si ritrovò in gola un succo amaro. Aveva fame. Si alzò dalla panchina fredda e se ne andò, senza sapere dove. Si mise a vagare per le vie del centro razzolando come sempre nei bidoni della spazzatura. Anche se ormai ci era abituato, sentiva ugualmente il peso degli sguardi della gente. Le mamme acceleravano il passo tirandosi dietro i figli, i ragazzi lo guardavano con pena, le vecchie biascicavano sentenze. Ma va bene, va tutto bene così, voi state là che io sto qua, ognuno nella sua fogna... Gli venne su dallo stomaco un riso cattivo che diventò subito un attacco di tosse.

Una vecchietta con gli occhi buoni gli si avvicinò per dargli cento lire. Rocco le prese facendo un piccolo inchino, e la vecchietta gli sorrise. Cento lire. Non ci comprava nemmeno un pezzo di pane, e magari la vecchia sperava di essersi appena risparmiata qualche mese di purgatorio. Si mise in tasca la moneta e continuò a cercare il pranzo. In quel cassonetto nelle viuzze dietro il Duomo qualcosa si trovava sempre. Una volta aveva dovuto fare a botte con un altro barbone per rovistarci dentro. Era successo molti anni prima, quando le macchine della polizia erano ancora verdi.

Pescò un osso di bistecca con qualche pezzetto di

grasso, due mandarini mezzi verdi e un pezzo di focaccia secca. C'era chi buttava il pane, per fortuna. Anche se era una vergogna, il pane non si butta, lo aveva imparato durante la guerra. Trovò anche dei biscotti frantumati, in fondo a una scatola con sopra il disegnino di un cane. Mise tutto in una busta e andò a sedersi sugli scalini di una chiesetta dove passava poca gente.

Rosicchiò l'osso, accompagnandolo con la focaccia, poi mandò giù i mandarini. Per dolce aveva i biscotti. Si spappolavano in bocca in modo insolito, e sapevano di aringa. Li mangiò tutti e si dette due manate sulla pancia. Come faceva a essere ancora vivo? Se quel bambino grasso che stava passando sul marciapiede avesse anche solo annusato quella roba, sarebbe morto di chissà quale malattia. Lui invece non moriva. Magari ogni tanto vomitava, ma non moriva.

Un paio d'anni prima aveva addirittura tentato di rapinare una cartoleria. Non ne poteva più di razzolare avanzi nell'immondizia. Tra i rifiuti aveva trovato una pistola di plastica tutta intera, e appena l'aveva stretta in mano aveva capito cosa doveva fare. Sembrava facile. *Fuori tutti i soldi o sono cazzi!* Quella maledetta grassona della cartolaia si era messa a strillare come una gallina e aveva cominciato a tirargli pugni sulla testa. Per difendere i suoi maledetti spiccioli sembrava disposta a morire. Gli sarebbe piaciuto avere una pistola vera, per spararle in mezzo agli occhi. Lo avevano preso subito, e lui per salvarsi si era messo a fare il matto, a dire cose senza senso, a ridere e a piagnucolare come aveva visto fare a certi matti veri. Com'era ovvio era finito al carcere dei matti. Ma almeno mangiava. Schifezze da fare schifo ai maiali, però mangiava. Cercava di mangiare il più possibile, fino a scoppiare. Voleva mettere su un po' di grasso per quando usciva, come gli orsi prima di andare in letargo. Insomma non ci era stato poi così male là dentro, a parte tutti quei musi strani che gli giravano intorno. Uomini devastati dalla follia che il mondo civile non voleva avere tra i coglioni. Ogni tanto nel cuore della notte uno di quei matti gli afferrava un braccio, e con gli occhi tondi gli parlava di Dio e dell'uomo incappucciato che corre sui tetti soffiando come il vento: *Lo senti? Soffia sulla polvere per vedere cosa c'è sotto, per vedere la verità.* Crani pelati che gli spiegavano per filo e per segno come avevano sminuzzato il corpo della moglie. Ma avevano sguardi così teneri che veniva voglia di baciarli in fronte. No, non ci era stato poi tanto male là dentro, a parte il puzzo di piscio e gli schiaffi. L'elettroshock non era la cosa peggiore. Il direttore era una mezza sega che credeva di essere il Padreterno. Era lui il più pazzo di tutti. *Rocco, abbiamo già tanti problemi... Non ti ci mettere anche tu.* Gli faceva le ramanzine perché lui protestava per la frutta marcia o il pollo avariato. Dopo un anno l'avevano sbattuto fuori dichiarandolo guarito, e aveva ricominciato a strascicare i piedi sui marciapiedi, sputando catarri neri.

A sedici anni era un ragazzo pieno di vita. Giocava a rugby, studiava al classico, sapeva il greco. Sua madre era una santa, per non fargli mancare nulla aveva fatto enormi sacrifici... E lui adesso si ricordava a malapena che faccia avesse. Suo padre chissà chi era. Sparito dopo una chiavata con una donna che per lui era una qualunque, un'alternativa al bordello. Era un bene che la mamma fosse morta giovane. Si era risparmiata il peggio.

Non chiamare mai felice un uomo prima di averlo visto morire. Aveva letto quella frase molti anni prima, su un libro di scuola, e ogni tanto gli tornava in mente. *Non chiamare mai felice un uomo...* Allora non aveva colto il senso di quelle parole. Adesso viveva sotto un ponte. Un ponte di pietre scure, tozzo, con due grossi piloni piantati nell'acqua con forza come per offesa al fiume. Un ponte. Non sapeva nemmeno come si chiamasse, non gli interessava. Ci dormiva sotto da un sacco di tempo. Conosceva per filo e per segno tutti i bitorzoli e le fessure delle pietre, i trasudamenti, le scritte di qualche ragazzino che ormai doveva avere moglie e figli, o che magari era già al cimitero da un pezzo... *Ti amerò per sempre... Sei la mia vita... Non ci lasceremo mai...* Anche lui aveva scritto puttanate del genere quando aveva il moccio al naso? Non se lo ricordava.

Una volta un giornalista si era avventurato sotto il ponte per fargli delle domande, e lui si era divertito a inventare che vivere in quel modo era una sua libera scelta. Il giornalista se ne era andato soddisfatto, dopo avergli allungato cinquemila lire. Possibile che quel coglione ci avesse creduto davvero?

Continuò a camminare nei vicoli intorno a piazza del Duomo, pulendosi i pochi denti rimasti con un gran lavoro di lingua. Da molti anni ormai le sue giornate erano tutte uguali, anche se non aveva il tempo di annoiarsi. Sopravvivere era un'occupazione a tempo pieno. Ma quel giorno era destinato a essere diverso, molto diverso. Se ne accorse quando alzò gli occhi e vide quella fotografia sopra un manifesto incollato al muro. Non ci poteva credere... Era proprio lui! La stessa faccia tonda e piatta di cinquant'anni prima, lo stesso sguardo altezzoso, schifato del mondo intero... Sì era lui, non c'erano dubbi... Aveva solo meno capelli, quasi tutti bianchi, ma era la sua porca faccia... Trattenne uno sputo e sentì una specie di pianto, giù in gola. Un pianto di rabbia, secchiate di rabbia che quasi lo soffocavano. Continuava a fissare il manifesto, e nella confusione che gli si agitava in testa fu tentato per un attimo di afferrare per il collo l'uomo in giacca e cravatta che lo guardava dalla foto, come se avesse potuto strozzarlo. In basso c'era una data: 29 MARZO 1988. Era già passato quel giorno? Cristo! Non sapeva nemmeno che anno fosse, porco di un... Magari il manifesto era vecchio. Andò incontro alla prima persona che vide passare.

«Mi scusi, signora... Sa dirmi che anno è?»

La bionda accelerò il passo senza nemmeno guardarlo, con le mani artigliate alla borsetta. Stava arrivando un uomo, con il passo frettoloso degli affaccendati. Rocco alzò un dito sudicio.

«Scusi, che ore sono?»

« L'una e dieci. » Passò oltre senza fermarsi.

« E l'anno? In che anno siamo? » gli urlò dietro Rocco. L'uomo si bloccò e si voltò a guardarlo.

« Cosa? » Teneva il capo un po' in avanti e lo fissava.

« Sa dirmi che anno è? »

« In che senso? »

« Vorrei solo sapere che anno è... »

« L'anno della scimmia. »

« Che vuol dire? »

« Oroscopo cinese. »

« Cinese? »

« Già. » L'uomo se ne andò scuotendo la testa. Rocco lo seguì con lo sguardo augurandogli la morte.

« Cinese un cazzo! » Voleva solo sapere che anno era, perdio! Il manifesto era sempre lì. Annunciava il convegno scientifico al quale avrebbe partecipato l'esimio PROFESSOR STONZI, DOCENTE DI BIOGENETICA ALLA STANFORD UNIVERSITY. Ecco dov'era finito quel vigliacco, in America.

« Porco... » sussurrò. Si trovavano di nuovo faccia a faccia. Quanti anni erano passati? Ma prima di tutto doveva scoprire che anno era. Lasciò cadere uno sputo filaccioso, e gli finì su una scarpa. Ci passò sopra l'altra e si avviò lungo il vicolo, ansioso di sapere se la data del manifesto fosse già passata. Imboccò una strada piena di gente e si fermò davanti alla prima edicola. Allungò il collo per leggere la data sopra un quotidiano, e prima che il giornalaio gli urlasse qualcosa se n'era già andato. Strinse i pugni e fece stridere i denti... *22 marzo 1988.* Mancava una settimana tonda tonda. Il porco avrebbe tenuto una conferenza di biogenetica al Palazzo dei Congressi. Ancora sette lunghi giorni. Molte ore, infiniti minuti... All'improvviso il tempo sembrava aver riacquistato il suo antico significato. Ma in fondo che poteva fare? Cosa se ne faceva di sette giorni?

Entrò in un bar e chiese cento lire di vino rosso. Il barista gli riempì un bicchiere di carta fino all'orlo, lasciandogli le cento lire, e lo guardò come per dire... *Crepa, figlio di puttana.* Rocco ricambiò il pensiero e si rimise in tasca la moneta. Bevve un sorso, senza muoversi dal bancone. Era pensieroso, e non si accorgeva che intorno a lui la gente si copriva il naso per difendersi dal puzzo. Il padrone del bar, un uomo rozzo con bracciali e catene d'oro, si schiodò dalla cassa, gli si avvicinò con aria poco gentile e a bassa voce gli disse di togliersi dai piedi. Rocco obbedì senza fiatare, non aveva alcun motivo per rimanere... *Anche tu morirai, prima o poi...* Appena fuori dal bar vuotò il bicchiere e lo lasciò cadere in terra, contento di sporcare la città. Fece un gran rutto, sotto lo sguardo scandalizzato di due ragazzine truccate come mignotte.

Strascicando i piedi si avviò verso il ponte, con la testa piena di pensieri e il cuore in battaglia. Provava una vergogna infinita per la propria impotenza. Cosa poteva fare? Non era più un uomo capace di decidere e di fare, era solo una carcassa che ancora respirava, cacava e dormiva. Mancava una settimana, solo una settimana. Adesso gli sembrava che il tempo volasse. Non poteva lasciarsi sfuggire l'occasione, era come se per tutta la vita avesse aspettato quel momento. Cacciò un urlo, fregandosene di sembrare matto, e tossì così forte che dovette appoggiarsi a una macchina parcheggiata. Vomitò i biscotti e sputò a lungo, per cercare di togliersi lo schifo dalla bocca.

Riprese a camminare. Lui lo sapeva di non essere matto, eccome se lo sapeva. Anzi ragionava benissimo. Dopo anni di abbrutimento, vissuti senza fare più caso a nulla, adesso i sentimenti che lo divoravano lo facevano sentire vivo. Però era desolante, perché vedeva con molta più chiarezza il marciume che era diventato. Nonostante tutto non voleva rassegnarsi... Una settimana... Non poteva lasciar correre... Anche se fosse stata l'ultima cosa che faceva...

Scese giù per le scalette di pietra e arrivò sotto il ponte. Allungato sopra i cartoni c'era quel bestione di Steppa, coperto per metà da una trapunta lercia. Forse dormiva. Rocco si sdraiò accanto a lui, sopra un vecchio materassino da campeggio, e si coprì con una coperta sudicia. Ormai il freddo non gli faceva più paura. In inverno lo sentiva eccome, il freddo che mordeva la pelle, ma non gli faceva paura. Era sopravvissuto anche alla grande gelata di qualche anno prima, quando la città era tutta bianca di neve e il fiume si era ricoperto di uno spesso strato di ghiaccio. Altri disgraziati come lui invece erano morti.

Il fiume adesso scivolava svelto e silenzioso verso il mare, carico di fango. Se tutti i peccati commessi nel mondo in un solo giorno fossero finiti nel mare come quel fango, il mondo sarebbe stato sommerso fino alle cime delle montagne. Chiuse gli occhi. Doveva stare calmo e pensare. Non doveva sprecare il tempo in coglionate. Calmo e pensare. Doveva cominciare dall'inizio e tenere a bada il cervello... Quanti minuti c'erano in una settimana?

Steppa si mosse e rantolò qualcosa, ma non si svegliò. Rocco ne aveva conosciuti di figli di puttana nelle baracche e sotto i ponti, ma Steppa era una bestia delle peggiori. Due braccia enormi, il capo bozzoloso senza un capello. Lo chiamavano Steppa perché raccontava di aver perso quasi tutte le dita dei piedi in Russia, per colpa del gelo. Era capace di lanciarsi in vaneggiamenti brutali contro il genere umano, e magari un minuto dopo te lo ritrovavi accucciato ai piedi che smoccicava e chiamava mamma. Certe notti recitava preghiere blasfeme con gli occhi da suicida, sputava sull'universo creato e condannava padre figlio e spirito santo per la loro divina cattiveria. Poi magari si addormentava grattando il cemento con le unghie. Diceva di aver ammazzato un sacco di persone, più di cento. Le uccideva così, in certe sere strane. Quasi sempre donne. A volte raccontava come le aveva uccise, in ogni particolare. Rocco non lo prendeva sul serio, e faceva finta di credere a tutte le sue cazzate. Non voleva correre il rischio di farlo arrabbiare. Steppa era brutto, mezzo demente, puzzava da vomitare. Ma Rocco gli voleva quasi bene. Le notti in cui quel pazzo non tornava a dormire sotto il ponte, sentiva la sua mancanza. Quel bestione era la sua unica compagnia. Gli tirò una gomitata sulla schiena, ma piano, da amico. Steppa non si mosse. Gliene tirò una più forte.

«Ehi, dormi?»

«Cazzo vuoi...»

«Sai che ore sono?»

«Chissenefrega.»

«E che giorno è, lo sai?»

«Fanculo, lasciami dormire.»

«Non sai nemmeno che anno è, ci scommetto i coglioni.»

«Hoddettovaffanculo!»

«Io invece lo so.»

«Crepa.»

«Ogni cosa a suo tempo.»

«Se parli ancora ti stacco la testa.»

«Dormi che è meglio.»

«Hoddettozzitto!»

Era appena iniziata la primavera, ma faceva ancora freddo. Nel cielo nero si vedeva qualche stella, e sotto il ponte il rumore della città arrivava trasformato in un brusio maligno. Rocco cercava di scaldarsi sbattendo le ginocchia. Non si era nemmeno accorto che era calata la notte, e guardava il buio sopra il fiume con una certa meraviglia. Dopo mille anni stava ripensando a *lei*. La sua memoria sembrava una palude che aveva inghiottito tutto... tranne lei. Bella come un'attrice. I capelli biondi sempre un po' spettinati, che a volte le finivano in bocca. Se chiudeva gli occhi poteva quasi sentire la sua voce, leggermente rauca, e avvertire tra le dita la grana della sua pelle. Gli venne quasi da piangere... Vecchio scemo!

Trovò in tasca una sigaretta spiegazzata e l'accese. Sperava che dopo la morte non ci fosse nulla, sennò adesso lei era lassù in cielo e lo vedeva ridotto in quel modo. Sputò lontano. Piangere gli avrebbe fatto schifo, soprattutto quella notte. Aveva ancora negli occhi la faccia stampata sul manifesto del convegno di biogenetica. Una settimana, porca di una... Spense le stelle una a una con centomila bestemmie.

26

Si mise giù per cercare di dormire, ma il viso di lei non se ne andava. Gli venne da tossire e ancora da piangere. Tossì, ma riuscì a non piangere. Non faceva che rigirarsi tra le pulci, per colpa del suo antico dolore al fianco che aveva ricominciato a mordere. Si mise a guardare la schiena di Steppa, invidiando il suo sonno idiota. Alla fine si voltò dall'altra parte. Possibile che la Legge Suprema del mondo fosse la sopraffazione? Possibile che i figli di puttana la facessero sempre franca? Doveva fare qualcosa... fare qualcosa... doveva fare qualcosa... Senza rendersene conto si mise a farfugliare nel dormiveglia...

Cinquant'anni. Erano passati cinquant'anni così, come una pisciata. Era un mercoledì. L'anno non gli veniva in mente, ma di sicuro era un mercoledì. Aveva seppellito sua madre da poco più di un mese. Non aveva fratelli, e adesso che la mamma era morta non aveva più nessuno. Gli era rimasto solo quel piccolo appartamento comprato con il sudore di quella santa donna, che si era consumata facendo la sarta.

Dopo il servizio di leva aveva trovato un buon lavoro in una tipografia importante. Era addirittura riuscito a mettere da parte un po' di soldi. E finalmente si era imbattuto nella donna che faceva per lui. Erano fidanzati da quasi un anno. Sì, non poteva che essere un mercoledì. Appena lei era entrata in casa, le aveva preso le mani... *Sposami*. Lei era arrossita e si era coperta il viso con le mani, *Te lo dico domattina*. Avevano fatto l'amore tutta la notte, avanti e indietro nell'eternità, viscidi di sudore, parlando e ridendo.

Lei aveva uno spazietto tra gli incisivi che la rendeva ancora più attraente.

Il mercoledì era il loro giorno più bello, perché la mamma di lei dormiva dalla sorella. Non si era mai accorta che il mercoledì sua figlia passava la notte fuori casa. Se lo avesse saputo...

La mattina presto lei gli era salita addosso e lo aveva svegliato con un morso sul naso. *Sì, ti sposo.* Lui non sapeva se stesse ancora sognando. *Cosa dici?* Lei aveva un sorriso luminoso, e per giocare si muoveva sopra di lui come se stesse cavalcando un asino. *Ti sposo, antipatico...* Lui aveva sentito come un'esplosione nel petto, era scoppiato a piangere e a ridere. Lei aveva raccolto un po' di saliva sulla lingua, gliel'aveva offerta e lui l'aveva bevuta.

Un caffè in cucina, guardandosi negli occhi. Era tardi. Lui doveva andare a lavorare. Si baciarono altre mille volte e finalmente riuscirono a separarsi. Rocco corse via sorridendo come un demente, saltò sulla bicicletta e si mise a pedalare come un pazzo. Si erano dati appuntamento alle sei e mezzo al solito posto, per fare due passi lungo il fiume.

Prima di andare alla tipografia, Rocco passò dal suo amico Rodolfo. Era il suo migliore amico, fin dai tempi del ginnasio. Quel figlio di papà viveva da solo in una villetta a due piani con il giardino, in una zona ricca. Suo padre era sempre in giro per l'Europa a combinare affari, e sua madre aveva tempo solo per le feste e per gli amanti. Insomma Rodolfo era libero, nessuno lo controllava, e aveva sempre le tasche piene di soldi. Non faceva che correre dietro alle ragazze, e spesso trascorreva l'intera notte in un bordello. Ma aveva una passione: la biologia. Frequentava l'università vestito alla moda, con l'aria di chi è costretto a stare in mezzo ai deficienti. Nonostante tutto agli esami riusciva a prendere sempre trenta e lode, e i professori lo stimavano.

Rocco lo buttò giù dal letto, lo prese per le spalle e scuotendolo gli urlò in faccia che era felice... *Capisci? Sono felice! In questo porco mondo io sono felice!* Rodolfo si liberò dalla stretta, assonnato. Biascicò che era molto contento per lui e andò in cucina a farsi un caffè. Rocco gli andò dietro continuando a fare il matto, e prima che il caffè fosse pronto dovette andarsene. Non voleva fare tardi al lavoro.

Il pomeriggio Rocco arrivò all'appuntamento con un po' di anticipo, e legò la bicicletta all'inferriata di un seminterrato. Si mise a camminare su e giù, senza mai perdere di vista l'angolo da cui lei sarebbe sbucata. Alle sei e trentuno cominciò a smaniare, e cercò di calmarsi. Lei di solito non ritardava mai più di cinque minuti, non era come le altre donne.

Un minuto dopo l'altro ne passarono venti, e lei non si vedeva. Alle sette pensò di andare via, poi decise di aspettare ancora un po'. Se alle sette e un quarto non era ancora arrivata... A un tratto in fondo alla strada apparve lei, e fu come vedere una luce. Le andò incontro agitando una mano, e si meravigliò che lei non rispondesse al saluto. Quando furono più vicini, si accorse che lei aveva il viso buio e due occhi terribili. Si fermarono uno di fronte all'altra. Rocco le chiese angosciato cosa fosse successo, e allungò una mano per farle una carezza. Ma lei si scostò, mormorando che non voleva vederlo mai più. Era venuta solo per dirgli questo. Scoppiò a piangere e si allontanò sbattendo i tacchi sul marciapiede, sotto lo sguardo incuriosito della gente. Rocco le andò dietro, e quando riuscì ad affiancarla aveva il fiato grosso.

«Mi vuoi dire cos'è successo?»

«Vattene!» disse lei tra i singhiozzi. Rocco la prese per un braccio e la costrinse a fermarsi.

«Dimmi cos'è successo!» La scuoteva, cercava di farle alzare il viso. Ma lei non voleva saperne. Continuava a piagnucolare, disperata.

«Lasciami andare...»

«Ma sei pazza? Che ti prende?» Non riusciva a credere a quello che stava vivendo, e faticava a respirare. A un tratto lei alzò il viso, ansimando. La testa le tremava leggermente.

«Caterina!» disse tra i denti, e gli mollò un ceffone in piena faccia. Lui barcollò, sbigottito. La guancia gli bruciava, e sentiva un fischio dentro l'orecchio.

«Caterina? Che vuol dire Caterina?» riuscì a mormorare.

«Porco...» Alzò la mano per colpirlo di nuovo, ma lui le afferrò il polso. Provò con l'altra mano e lui le bloccò anche quella. Una donna si era fermata a guardarli, preoccupata. Rocco le fece un cenno per farle capire che era una lite tra innamorati, e alla fine la donna si allontanò, continuando a voltarsi.

«Amore... Sei impazzita?»

«Non chiamarmi amore...» farfugliò lei, cercando di svincolarsi.

«Non fare così... Ci stanno guardando...»

«Che m'importa...» Per un attimo sembrò più cal-

31

ma. Rocco le lasciò i polsi e lei si asciugò gli occhi con le dita, tirando su con il naso.

«Non conosco nessuna Caterina...» le disse, con la voce più dolce di cui era capace. Lei lo fissava ansimando, con il mento che ricominciava a ballare, e prima di scoppiare di nuovo a piangere riuscì a gridargli in faccia, con gli occhi gonfi di disprezzo: «Non farti vedere mai più!» Fuggì via singhiozzando, in mezzo ai passanti che si voltavano a guardarla. Dopo qualche secondo di smarrimento Rocco le corse dietro. Quando lei si rese conto di essere inseguita si aggrappò al braccio di un uomo e indicò Rocco, dicendo qualcosa, poi continuò a correre. L'uomo fermò altri passanti, e tutti insieme sbarrarono la strada all'inseguitore minacciando di chiamare i carabinieri. Rocco cercava di valicare la muraglia umana, sputando fiamme dagli occhi, ma veniva continuamente respinto o trattenuto. C'erano anche delle donne, ed erano le più agguerrite. Rocco si mordeva le labbra per non parlare, aveva paura di quello che poteva uscirgli di bocca. Che cazzo volevano quegli sconosciuti? Come si permettevano? Sempre così, la gente... Quando c'era da fare qualcosa di sbagliato era sempre pronta a dare il meglio.

Finse di calmarsi, e cercò di spiegare che stava correndo dalla sua fidanzata... Si stavano per sposare, avevano solo avuto un piccolo litigio... Ma nessuno voleva credergli... *Stia attento... Le facciamo passare un brutto guaio... Ringrazi il Cielo che...* Gli sguardi delle donne erano così carichi di disprezzo che Rocco si sentì umiliato come mai gli era accaduto. Non sarebbero servite a nulla mille spiegazioni, la loro convinzione era più forte di qualsiasi verità... Lo guardavano come si guarda un pappagallo che importuna le ragazze per strada, o peggio ancora come un maniaco, e alla fine lui cominciò a balbettare, ad arrossire come se avesse commesso chissà quale misfatto... E quando in fondo alla strada apparvero due carabinieri in bicicletta, scappò via infilandosi in una traversa, inseguito dalle grida minacciose della piccola folla.

Corse come un pazzo. Non gliene fregava nulla delle botte, aveva solo paura che lo portassero via, che lo chiudessero in una cella e gli impedissero di parlare con lei.

Dopo un po' si voltò a controllare la strada. Nessuno lo stava inseguendo, e si fermò a riprendere fiato. Si appoggiò con la schiena al muro, con la testa fra le mani. Non poteva finire così, era assurdo. Stavano per sposarsi, per diventare marito e moglie...

Doveva calmarsi, prendere tempo e cercare di ragionare. S'infilò in una mescita e ordinò un bicchiere di vino. Lo mandò giù in un sorso, e ne ordinò un altro. Non doveva lasciarsi prendere dalla disperazione, sarebbe tornato tutto come prima.

Stava appoggiato al bancone, sudato e spettinato. L'oste lo teneva d'occhio. Era un tipo grosso con i baffi e il pizzetto, che scherzava amichevolmente con gli altri clienti. Sulla camicia nera aveva il distintivo del Fascio. Rocco finì il vino con calma e se ne andò.

Il sole stava calando. S'incamminò lungo la strada

cercando di riordinare le idee. Cos'era successo? Perché lei era fuggita? Non poteva finire tutto in quel modo. Aveva lottato per dare un senso alla propria vita, superando a testate ogni difficoltà. Veniva da una famiglia modesta, figlio unico di una madre povera e sola, e tra mille sacrifici era riuscito a studiare. Aveva un buon lavoro, e finalmente aveva trovato la donna che faceva per lui. Bella, sempre sorridente, piena di vita. Le aveva chiesto di sposarlo, e lei aveva detto «sì»... Gli sembrava che da quella mattina fossero passati dieci anni.

Accelerò il passo. Non aveva senso agitarsi. Doveva semplicemente andare a casa della sua futura moglie e parlare con lei, chiarire ogni equivoco. Quella ragazza, Caterina... Non rappresentava nulla per lui, non era successo nulla... Quasi nulla... Comunque sia, non l'aveva mai più vista... Chi poteva averle raccontato di Caterina? E cosa mai poteva averle detto?

Sarebbe andato tutto a posto, ne era più che certo. Andò a recuperare la bicicletta e partì, imponendosi di pedalare con calma. Dopo pochi metri si ritrovò ritto sui pedali, con la bocca aperta per l'affanno. Voltò nel vicolo buio dove abitava lei, in uno dei quartieri più popolari del centro. C'era solo un lampione in fondo alla strada, e come al solito si sentivano nell'aria gli odori delle cucine. Quante volte aveva imboccato quella viuzza, con il cuore accelerato dall'emozione. Adesso il cuore gli batteva forte per via della pedalata e dell'angoscia.

Incatenò la bicicletta e s'infilò nel portone, che

nessuno chiudeva mai. Salì le scale fino al terzo piano, si ravviò i capelli e bussò. Dopo un tempo infinito la porta si aprì e apparve la mamma di lei, con lo sguardo cupo. Era una donnetta grassa con la faccia sempre lucida di creme. Sembrava impossibile che avesse messo al mondo una figlia così bella.

Lei lo fissava con aria severa, senza parlare. A quanto pareva era già al corrente di tutto. Lo fece restare sulla porta come un venditore ambulante. Rocco sbirciava dietro le spalle della donna, e non riusciva a stare fermo.

«Devo parlare con Anita...»

«Non c'è.»

«Come sarebbe non c'è?»

«È venuta e se n'è andata.»

«Dove?»

«Non so nulla.»

«Quando torna?»

«Non so nulla.»

«La prego, mi dica dov'è... Devo vederla...»

«Non so nulla.» Richiuse la porta di colpo e fece scorrere il paletto.

«Signora... La prego...» Bussò ancora, chiamò, ma la porta rimase chiusa. Aveva voglia di sfondarla a calci, quella maledetta porta. Calmo, doveva stare calmo. Era solo un incubo. Il giorno dopo ogni cosa sarebbe tornata al suo posto. Se ne andò giù per le scale con un sasso nella gola.

La sua casa non gli era mai sembrata così vuota e silenziosa. Appoggiò la bicicletta al muro dell'ingresso, aprì l'armadietto dei liquori e prese la bottiglia del vermut. Si mise a camminare su e giù nel salottino, fumando e bevendo. Si sentiva sempre più offuscato, e la disperazione aumentava. Non riusciva a calmarsi. Non aveva fame, e pensare di andare a dormire lo stritolava di dolore.

All'alba aveva finito due bottiglie di liquore e tre pacchetti di sigarette, di quelle forti. A farsi male ci godeva. Lo stomaco gli bruciava, e gli si era gonfiata la lingua. A momenti si faceva prendere dall'euforia, si convinceva che tutto si sarebbe aggiustato. Ma subito ricadeva nello sconforto e immaginava che non avrebbe mai più visto Anita... No, non poteva finire così. Avevano bisogno uno dell'altra, dovevano stare vicini. Erano tempi brutti. Per strada si camminava in fretta, e in fila per il pane si parlava a bassa voce o addirittura si taceva. Non era meglio essere in due, in tempi come quelli? Il Duce continuava a dire che l'Italia non sarebbe entrata in guerra, ma la tensione aumentava, Hitler la faceva da padrone e Mussolini lo teneva d'occhio per paura di restare indietro...

Ogni giorno dopo il lavoro andava a bussare alla porta di Anita, ma nessuno gli apriva. Ormai si stava quasi affezionando a quel dolore. Ogni tanto immaginava di appostarsi all'angolo della strada per aspettare di vederla uscire, ma riuscì a non farlo, per non sentirsi ancora più umiliato.

La sera aveva preso l'abitudine di andare a sfogarsi dal suo amico Rodolfo. Si sedevano in salotto con una bottiglia e cominciava la lagna. Rodolfo era sempre ad aggeggiare con la sua nuovissima radio Balilla o con il grammofono. Rocco fumava e diceva sempre le stesse cose. Sapeva di essere noioso, ma non poteva farci nulla. Rodolfo gli riempiva il bicchiere e gli dava pacche sulle spalle.

«Dai che non è nulla... Una donna vale l'altra...» Cercava di consolarlo, anche se era inutile. A volte riusciva addirittura a farlo ridere con qualche barzelletta sul Duce raccontata a bassa voce, o con una storiella sconcia. Rocco se ne andava dopo mezzanotte, più triste di prima.

Una notte si sentì così solo che s'infilò in un bordello... E che tutto andasse a farsi fottere, anche Mussolini, Hitler, la pace e la guerra.

Scelse una morettina grassottella che ridacchiava per un nonnulla, e si tuffò dentro di lei come se volesse affogarsi in un pozzo. Dopo si sentì uno straccio, e aveva una gran voglia di parlare, fosse anche con una puttana. Ma non era un bordello di lusso, e dopo aver consumato lo mandarono via in fretta. Si ritrovò in strada con la sensazione di essere sporco e meschino, e finì la serata a singhiozzare nel suo letto.

Alla fine si rassegnò. Smise di andare a bussare a casa di Anita, e con Rodolfo non parlò più di lei. Però si era chiuso, al lavoro era nervoso, mangiava poco e odiava il mondo intero. Tutte le sere beveva molto, da solo o in compagnia di Rodolfo, e a volte gli capitava di ridere a crepapelle, gonfio di sarcasmo. Ogni tanto andava a una festa da ballo in casa di qualcuno, visto che nei locali pubblici era vietato ballare. In quelle serate si annoiava a morte, e osservava con disprezzo le ragazze più spregiudicate che si lasciavano palpare.

Il bordello diventò presto un'abitudine, e ogni volta entrava nel letto con rabbia e ne usciva angosciato. Fece quasi amicizia con una biondina giovanissima, che dopo i favori gli concedeva di sfogarsi per un po', accarezzandogli la testa. Lui ormai parlava di Anita solo con lei, ricordando il tempo in cui si amavano, e la ragazza lo ascoltava, lo coccolava. Ma arrivava il momento di andarsene, e quando usciva dal bordello si sentiva il cuore duro come una pietra.

Dopo qualche mese, una sera tornando dal lavoro

trovò una lettera nella cassetta della posta. Riconobbe la calligrafia, corse in casa con il cuore che scampanava, e per aprire la busta quasi la stracciò. *Caro Rocco, è da molto tempo che sentivo il bisogno di scriverti...* Non riusciva a sedersi, e camminava su e giù stringendo in mano il foglio... Ogni parola era come una pugnalata... Rileggeva le frasi e gli mancava il fiato...

Adesso abitava a Torino, scriveva Anita. Lavorava come governante presso una famiglia molto ricca, guadagnava bene. *Non voglio serbarti rancore...* Si era fidanzata con un pompiere, un ragazzo bravo e onesto che le voleva un gran bene. Si sposavano a marzo. *Ti auguro buona fortuna... Anita.*

Fece a pezzi la lettera e la gettò per terra. Scese le scale con la bicicletta agganciata alla spalla, mordendosi le labbra a sangue. Pedalando come un pazzo nelle strade rischiò di finire sotto un tram, e l'autista gli urlò dietro una bestemmia.

Arrivò a casa di Anita, salì di corsa fino al terzo piano e bussò. La porta si aprì, e prima che la mamma di Anita potesse richiuderla entrò in casa. La donnetta non protestò. Sembrava invecchiata, rassegnata. Rocco s'infilò in tinello e lei lo seguì strusciando le pattine sul pavimento. Lui si guardava intorno come una bestia in gabbia. Quante volte aveva baciato Anita in quella stanza, mentre sua madre era in cucina a lavare i piatti.

«Cos'è questa storia che Anita si sposa?»

«Lasciala in pace, la mia bambina.»

«Voglio sapere dove abita...»

«Non posso.»

«Ah, non può?» Si mise a gridare che pur di avere l'indirizzo di Anita avrebbe dato calci nel culo anche al Duce.

«Sei pazzo a dire certe cose?» La donnetta corse a chiudere le imposte, piagnucolando di paura.

«Voglio sapere dove abita!»

«Non ti basta il male che le hai fatto?»

«Non ho fatto nulla, perdio!» Tirò un pugno sul tavolo, e quel gesto violento fece ritrovare alla donna il coraggio di protestare.

«Voi uomini siete tutti uguali...»

«Ha capito cosa ho detto?»

«Anche la buonanima di mio marito... Sempre a caccia di sottane...» borbottò, scuotendo la testa.

«Non ho fatto nulla di male!» ripeté Rocco, ansimando.

«E pensare che Anita non lo avrebbe mai saputo, se quel galantuomo di...» Si bloccò, consapevole di aver parlato troppo, e il suo sguardo si mise a saltare qua e là per la stanza. Rocco dilatò gli occhi come se avesse visto un mostro. Avanzò verso la donna con i pugni chiusi, spingendola in un angolo della stanza.

«Chi è stato? Cosa ha detto?» urlò. La mamma di Anita si rattrappì, e il suo mento cominciò a ballare.

«Non so nulla...» sussurrò, fissandolo con paura. Rocco strinse i denti fino a farsi fischiare le orecchie. Immaginò di sfasciare a cazzotti tutto il caseggiato, ma un attimo dopo dentro di lui calò il gelo. L'amarezza lo aveva reso così lucido e cattivo che gli scappò un sorriso terribile.

«Se non mi dice chi è stato...» Non finì la frase, ma il suo sguardo era molto più eloquente di qualunque parola. Si lasciò andare sopra una poltroncina e accavallò le gambe. Accese una sigaretta con calma, e lasciò cadere lo zolfanello in terra.

«Sto aspettando» disse. La mamma di Anita si sedette di fronte a lui, esausta e impaurita. Si mise a dondolare il capo borbottando frasi smozzicate che sembravano preghiere. Rocco la fissava con disprezzo, come se la colpa di tutto fosse sua.

«Chi è il galantuomo?» chiese ancora una volta, con voce lugubre. La donna capì che si era infilata in una situazione senza ritorno. Si mise a frignare, asciugandosi gli occhi con il fazzoletto.

«Ro... Rodolfo...» mugolò tra le lacrime.

«Cosa?» Rocco scattò in piedi. In un istante, il gelo si trasformò in un calore bruciante. Aveva il viso caldo, e le sue mani cominciarono a sudare.

«Il tuo amico Rodolfo» ripeté la donna. Scossa dai singhiozzi si mise a raccontare, mentre Rocco tratteneva il fiato e assaporava con rabbia ogni parola...

Dopo aver saputo del matrimonio imminente, Rodolfo era venuto a casa e aveva detto a Anita che l'uomo che stava per sposare era un porco... Un porco che da anni aveva una relazione con una certa Caterina, una vedova non troppo giovane ma ancora bella, una porca come lui. *Lo dico per il tuo bene, l'uomo che stai per sposare non ti merita.* A quelle parole Anita era impallidita, e aveva dovuto appoggiarsi al muro per non cadere. Rodolfo era mortificato, non avrebbe voluto essere proprio lui a farle quella rivelazione odiosa. Le baciava le mani nel tentativo di consolarla...

«E poi?» disse Rocco. La mamma di Anita si dondolava sulla schiena, con gli occhi gonfi.

«Io non sapevo nulla che volevate sposarvi... La mia bambina sembrava una morta...» disse con una specie di belato, e si lasciò cadere il viso tra le mani. Rocco schiacciò con forza la cicca in un piattino, ne accese un'altra e si mise a camminare su e giù con le mani in tasca. Si sentiva stranamente calmo, ma la sua faccia sembrava quella di chi sta per uccidere.

«Ah, Rodolfo mi ha chiamato così? Un porco...»

«Povera Anita... Povera bambina...» si lamentava la donna, asciugandosi il viso con un fazzolettino.

«Un porco... Certo... Un porco...» Rocco camminava sul tappeto per non sentire il rumore dei propri passi, con la sigaretta tra i denti. Sorrideva, fissando il vuoto. Gli sembrava che il mondo si fosse ribaltato, ma in fondo la verità aveva qualcosa di affascinante. Ora che sapeva, non era tutto più limpido?

«E bravo Rodolfo» mormorò. Gli sembrava di essere leggero come una piuma. Guardò la donnetta appallottolata sulla sedia e gli scappò un sorriso. Si fermò davanti a lei, a gambe divaricate. Voleva sapere il resto, voleva sapere tutto. Non aveva più nessuna paura, ormai.

«Quel giorno, quando sono venuto a cercarla... Anita era in casa, vero?» mormorò. La donna annuì, senza smettere di piagnucolare. Rocco rivide la scena, lui che bussava, la porta che si apriva... e Anita era di là, a pochi passi da lui.

«Era sola?»

«Che importa, ormai...»

«Era sola?» ripeté lui, minaccioso. La donna si riscosse. Cercava disperatamente di uscire dalla gabbia in cui era finita, e voleva farlo il più in fretta possibile.

«No!» disse con aria di sfida, radunando tutto il coraggio che le restava.

«Era con... Rodolfo?»

«Sì, era con lui! Era con Rodolfo!» Vomitò quelle parole come se fosse contenta di ferirlo, ma stava solo cercando di togliersi un peso di dosso.

«Ci è andata a letto?» disse Rocco, stringendo i pugni nelle tasche. La donna sussultò, smarrita. Lo fissava senza dire nulla, con aria stupita... Non era già abbastanza quello che aveva detto? Ma Rocco non era ancora soddisfatto. Voleva sapere com'erano andate le cose per filo e per segno, voleva imprimerselo nella mente.

«Ci è andata a letto?» disse di nuovo, sputando saliva.

«Era così addolorata... Ce l'aveva con tutto il mondo...»

«È andata a letto con quel figlio di puttana?» fece lui, gelido.

«Non lo so... Non lo so... Sono rimasti tutta la notte chiusi in camera...»

«E lei li ha lasciati fare?»

«Io...»

«Quando Anita era qui con me, in questa maledetta casa, non potevamo nemmeno darci un bacio... E invece con quel...»

«La mia bambina era disperata... Mi ha pregato di lasciarla in pace...»

«In camera... Tutta la notte insieme... E lei... Che è sua madre...»

«Che potevo fare? Che potevo fare?» disse la donna, e ancora una volta abbassò il viso per piangere. Rocco si strusciava di continuo le mani sulla faccia, sui capelli, sugli occhi... Com'era possibile che una ragazza come Anita... Prima di farlo con lui aveva aspettato quasi un anno, ed era vergine. E invece con Rodolfo si era comportata come una puttana da bordello. Era ovvio che ci fosse andata a letto. Aveva creduto a quel bastardo e ci era andata a letto. Magari lo aveva fatto per rabbia contro di lui, per vendetta, o magari per disperazione... Lo sanno anche i sassi che le donne umiliate sono prede facili... Ma restava il fatto che si era lasciata chiavare, se lo era fatto mettere dentro da quel...

«E bravo Rodolfo...» Si rimise a camminare su e giù, incredulo, scuotendo la testa come se avesse appena scoperto che Babbo Natale non esisteva. Si sentiva uno scemo. Ogni tanto lanciava un'occhiata alla donna, che continuava a piangere.

«È così cambiata la mia bambina... Non la riconosco più...» diceva lei, parlando con se stessa. Rocco era affondato nell'amarezza, voleva farsi del male fino in fondo.

«La storia del pompiere è una fandonia, vero? È con Rodolfo che si sposa!»

«No!»

«Ah no?»

«No... No... Però, è vero... Ci è andata a letto, con quel Rodolfo... Ce l'aveva con te... Ti odiava... Io gliel'ho detto che aveva fatto una brutta cosa... Che era una svergognata... Anche lei lo sapeva... E piangeva... Si era fatta solo del male, ha detto... Per colpa tua...»

«Chi è questo pompiere? Come si chiama?»

«Non lo so, non lo so... Non l'ho mai visto.» Chinò di nuovo la testa, e dalla gola le uscì un lamento che sembrava una sirena antiaerea.

«E bravo Rodolfo» ripeté Rocco per la terza volta. Quella frase gli dava una specie di sollievo.

«Mi sento tanto triste... Tanto triste...» biascicava la mamma di Anita.

«E bravo Rodolfo...»

«La mia bambina non era così... È sempre stata una ragazza a posto... Non era così... Non è mai stata così...»

«Così come?»

«Non lo so... Non lo so...» Ricominciò a singhiozzare. Rocco sapeva che quella povera donna era sincera, che non aveva nessuna colpa, e alla fine s'impietosì. S'inginocchiò di fronte a lei e la prese per le spalle.

«È tutto falso! Non capisce che è tutto falso?» disse, con una dolcezza che stupì tutti e due.

«Falso?» borbottò la donna, alzando il viso. Le lacrime le gocciolavano dal mento, e sembrava sul punto di abbracciarlo.

«Con quella Caterina... Non è vero nulla!» sussurrò lui.

«Ma Rodolfo... Ha detto che...»

«Rodolfo è un bugiardo.»

«Ma... Quella donna... Caterina...»

«È tutto falso. Mi ha capito? Tutto completamente falso. Appena il giorno prima avevo chiesto a Anita di sposarmi, e lei aveva detto di sì... Era felice... Eravamo felici... Sarebbe andato tutto bene... E invece...»

«Oddio... No... Giura... Giura...»

«Lo giuro sulla mia testa... Lo giuro sull'onore di mia madre... Che morissi in questo istante...»

«Oddio... Oddio...» La donna gli si attaccò al collo e per poco non lo fece cadere. Rocco la lasciò piangere sulla sua spalla, accarezzandole i capelli, ma la sua mascella si serrava di continuo gonfiandogli i lati delle guance.

«Bastava che Anita credesse a me, che mi lasciasse parlare...»

«Oddio... Madonnina... No... No...»

«Non ce l'ho con lei... Povera Anita...» mormorò Rocco all'orecchio della donna, e si meravigliò di sentirsi sciogliere da una compassione infinita. Provava pena per quella povera donna disperata, provava pena per Anita, e anche per se stesso. Ormai era tutto perduto, distrutto. A che serviva disperarsi? Era come cercare di far resuscitare un morto. Si poteva battere i piedi quanto si voleva, tanto non serviva a nulla. In quel momento si sentiva forte, capace di sopportare qualunque peso. Aspettò che la donna finisse di piangere. Le sfiorò i capelli con un bacio e si alzò. Dopo un ultimo sguardo alla stanza se ne andò senza dire nulla, sapendo che in quella casa non sarebbe mai più tornato.

Scendendo le scale accese una sigaretta, e aspirò così forte che sentì sfrigolare la brace. Appena si ritrovò sotto il cielo, il suo umore cambiò. Si era lasciato alle spalle le macerie del suo sogno più bello, ci era riuscito... Così almeno credeva. La cicatrice sarebbe rimasta, era normale...

Ma non era tutto lì, non poteva finire tutto lì. Insomma, aveva una gran voglia di fare due chiacchiere con il suo amico Rodolfo. Non sapeva cos'avrebbe fatto, cosa avrebbe detto, per il momento non gli interessava. Montò sulla bicicletta e andò a cercarlo a casa. L'Aprilia era parcheggiata nel vialetto del giardino, ma Rodolfo non c'era. Le finestre erano tutte spente. L'ultima volta si erano visti un paio di giorni prima, avevano cenato insieme in una trattoria. Avevano bevuto, avevano chiacchierato, avevano riso.

Fece il giro del quartiere sbirciando nei bar e nei negozi, ma non riuscì a trovarlo. Comprò due pacchetti di Giuba, e andò ad aspettarlo sotto casa, passeggiando su e giù. Il tempo passava lentissimo, una sigaretta dopo l'altra. Anche se non voleva, alla fine si ritrovò a immaginare il momento in cui si sarebbero trovati faccia a faccia. Cosa gli avrebbe detto? E come? Sarebbero volati dei cazzotti? Sangue? Denti rotti? Immaginò anche di ucciderlo, ma non provò nessuna emozione particolare.

Camminava avanti e indietro e aspettava, scrutando la via da una parte e dall'altra. Ogni tanto dava un'occhiata a un grande manifesto incollato al muro, scolorito dalla pioggia, dove era disegnato un milite italiano che sterminava dei negri spruzzando insetticida... *Armamenti: ecco l'arma più opportuna...* Già, forse era proprio quello il modo più *opportuno* di trattare Rodolfo, come un insetto fastidioso. Bugiardo figlio di puttana. Non era vero che con Caterina... Insomma... Era successa una cosa da nulla... Un matrimonio non poteva andare a monte per una cretinata del genere... Caterina... Non sapeva nemmeno il suo cognome, l'aveva vista una volta sola... Quando era successo? Non se lo ricordava nemmeno...

Una sera era andato a una di quelle feste che ogni tanto Rodolfo dava a casa sua. Figli di industriali, nobiltà cittadina, funzionari del PNF... Rodolfo non era un vero fascista, non gliene importava nulla del Duce e dell'Impero, ma voleva vivere tranquillo e si lasciava trasportare dalla corrente. *Che male c'è, invito solo un po' di gente che vuole divertirsi*, diceva. A quelle feste Rocco ci andava solo perché Rodolfo era suo amico, ma in mezzo a quella gente così distante dal suo mondo si sentiva a disagio. Non sapeva come comportarsi, e per uscire dall'imbarazzo beveva molto. Per rendergli le cose più facili, Rodolfo lo presentava come il figlio di un generale morto nella Grande Guerra, e lui stava al gioco. Non era poi un gran peccato, lo faceva solo per sentirsi meno impacciato.

Caterina era la giovane figlia di un federale, un pezzo d'uomo che non perdeva occasione per brindare al suo Duce, e che quando rideva si faceva sentire in tutta la sala. Rocco aveva bevuto troppo, come al solito, e Caterina era una bella ragazza piuttosto scema. Verso la fine della serata lui aveva fatto un po' il cretino, e lei era stata al gioco. Si era lasciata strofinare mentre ballavano, e ci era scappato un mezzo bacio di nascosto al padre federale. Tutto qui. Forse Rocco non avrebbe dovuto farlo, ma non era successo nulla di più. Se n'era anche pentito, pensando alla sua bella Anita. Caterina non valeva un'unghia di Anita. Dopo quella sera non l'aveva mai più rivista, quella stupida. Insomma una cosa da nulla, una coglionata, altro che amante...

Passavano le ore. Spegneva le cicche sul muro e fissava gli angoli delle strade. La notte era nera e fredda. Stringendo i denti immaginò mille volte la scena di Anita a gambe larghe che si faceva impalare da... Perché quel maiale aveva fatto una cosa del genere? Non riusciva a spiegarselo. Era invidioso? E di cosa? Aveva tutto, era ricco, bello, piaceva alle donne. Come poteva essere invidioso? E di cosa? Del *suo più caro amico* che voleva sposare una ragazza del popolo? Della felicità che lui provava? Oppure per cosa? Forse nonostante tutto Rodolfo si sentiva inferiore? Forse era infelice? O era solo per il gusto di fare qualcosa di

50

cattivo? Per intervenire nella vita degli altri, per sentirsi Dio...

Le undici. Rocco era così infreddolito che a momenti pensava di andarsene. No, doveva resistere. Non sopportava l'idea di chiudersi in casa da solo, di sdraiarsi nello stesso letto dove per tante notti...

Verso mezzanotte, in fondo alla strada apparve Rodolfo. Avanzava strascicando i piedi, doveva essere ubriaco. Rocco lo aspettò sul marciapiede con le mani in tasca. Rodolfo lo riconobbe solo quando era già a pochi passi, e alzò una mano.

«Ehi, ma che sorpresa... Sali a bere un bicchiere?» Si fermò, ondeggiando sulle gambe. Rocco lo prese per il bavero e lo spinse contro il muro.

«Figlio di una troia!»

«Calmati... Che ti succede?» Rodolfo si stropicciò gli occhi come un bambino assonnato.

«Ci sei andato a letto, brutto porco!»

«Cerca di essere più chiaro...»

«Le hai raccontato quelle baggianate su Caterina... L'hai fatto apposta per portartela a letto...» Teneva Rodolfo per il colletto, e fissava le sue labbra carnose che avevano goduto di Anita. Avrebbe voluto rimanere calmo, certo... Ma com'è che non gli spappolava il cranio, a quel porco? Nonostante tutto non riusciva a colpirlo. Non c'entrava nulla la vecchia amicizia... La rabbia e il disgusto si stavano trasformando in pena.

«Quale Caterina?» disse Rodolfo, sbadigliando.

«Lo sai bene che non è vero nulla!»

«Ma di che parli? Dai, sono stanco...» Gli scappò un rutto puzzolente.

«Caterina, la figlia del federale tuo amico.»

«Non ho amici federali...»

«Lo sai bene che non è successo nulla!»

«Perché urli?» biascicò Rodolfo. Rocco non urlava, ma la voce gli veniva su dallo stomaco e sembrava rimbombare in un pozzo.

«Mi fai schifo...»

«Non starmi così addosso, ti puzza il fiato.» Era tranquillo, non si rendeva conto di nulla.

«Dimmi solo perché.»

«Sai cosa? M'hai stufato...»

«Sei solo un cocco di mamma che si caca addosso di fronte a una camicia nera.» Gli lasciò il colletto. Rodolfo si sistemò la cravatta con gesti lentissimi, tirò fuori un pacchetto di Macallè e ne accese uno, senza offrirglielo. Soffiò il fumo e tossì.

«Mi dici che ti prende? Mi hai quasi strappato la camicia... Costa un sacco di soldi...»

«Non hai nient'altro da dire?»

«Insomma che vuoi? Sali a bere o no?»

Rocco non aveva più niente da dire. Montò sulla bicicletta e se ne andò senza voltarsi. Dopo qualche secondo sentì il cancellino di Rodolfo che cigolava. Perché non lo aveva ammazzato? Non ne valeva la pena, ecco perché.

Appena arrivò a casa si lavò la faccia con forza,

come se volesse togliersi dalla pelle il fiato di Rodolfo. Non lo aveva ammazzato perché lo schifo era stato più forte. Adesso provava soltanto una profonda nausea. Non c'era più nulla da fare. Anita non c'era più, continuava a ripetersi. Era tutto finito. Non sapeva che il peggio doveva ancora arrivare...

Steppa si era tirato su da un pezzo e si era messo ad ascoltare il delirio di Rocco, come ipnotizzato. Respirava piano e seguiva ogni parola con una ruga tra le sopracciglia, fissando il fiume. Tirò fuori dalla sacca un pezzo di pane vecchio, e lo finì con tre o quattro morsi. Prese il mezzo pacchetto di sigarette che teneva infilato in un calzino, ne sfilò una e l'accese. Soffiava il fumo verso il cielo e ascoltava. Non aveva mai sentito nessuno parlare in quel modo.

Anita l'aveva rivista qualche mese prima dell'inizio della guerra. Morta, distesa nella cassa, con il viso maciullato. Era stata trovata in fondo a una scarpata, lungo una strada di montagna del Piemonte, e l'avevano rimandata a casa sopra un treno. Nella bara indossava un bell'abito nero, ma era morta con addosso vestiti succinti e la borsetta piena di soldi.

Al camposanto sua mamma aveva un sorriso ebete. Quando vide cadere la prima palata di terra sulla bara fece come il gesto di saltare nella fossa, e in tre l'afferrarono per le spalle. Il giorno dopo andò a piagnucolare dai carabinieri. Voleva sapere com'era morta la sua bambina, se era stato un incidente o se invece era stata ammazzata... e casomai da chi, e anche il perché. Era sua mamma e aveva il diritto di saperlo. Il maresciallo la mandò via dicendo che loro non c'entravano nulla, la faccenda era nelle mani della Procura di Torino. Lei allora andò a Torino. Ci rimase una settimana, girando per uffici e parlando con uomini annoiati che non sapevano cosa dirle. Tornò a casa senza aver ottenuto nulla, a parte qualche frase di incoraggiamento. Ma non riusciva a rassegnarsi. Ormai parlava solo della sua bambina, e giurava che prima o poi avrebbe scoperto la verità. Si mise a scrivere lettere a Mussolini. Una al giorno.

Eccellentissimo Cavagliere Benito Mussolini, Dvce d'Itaglia, sono certa che Voi capirete il mio immenso dolore di madre...

Una sera bussarono alla sua porta due uomini con il cappotto fino ai piedi. Entrarono in casa senza levarsi il cappello e le dissero con una gentilezza piuttosto fredda che doveva mettersi l'anima in pace. Non serviva a nulla fare tutto quel chiasso. Le fecero capire che *la sua bambina* faceva il mestiere più antico, e quando si viveva in certi ambienti morire era facile. Se voleva proteggere la memoria di sua figlia doveva lasciare le cose come stavano. O forse preferiva che tutti sapessero la verità? Che quelle cose finissero sui gazzettini e sulle riviste?

La povera donna si mise a singhiozzare, ma i due uomini non sembravano commossi. Le dissero ancora di starsene buona e se ne andarono lasciando la porta aperta. Lei si barricò dentro, spaventata. Ormai era convinta che dietro la morte di Anita doveva nascondersi un fattaccio che qualcuno aveva interesse a seppellire, altrimenti perché avevano mandato quei due brutti ceffi? Che sua figlia era finita su una brutta strada lo aveva capito da un pezzo. A una mamma certe cose non possono sfuggire. Allora perché non era andata a Torino per trascinarla a casa? Adesso se ne pentiva, ma ormai era tardi.

Rocco aveva saputo queste cose una sera che era andato a trovare quella poveretta, per sentire se aveva bisogno di niente. Una puttana. Anita era diventata una puttana. Altro che pompiere!

Si erano ritrovati abbracciati a piangere. Di dolore e di rabbia. Rocco aveva in testa solo una frase: *Se fosse rimasta con me non sarebbe morta.* Era tutta colpa di Rodolfo, tutta colpa sua. Maledetto. Lo doveva ammazzare. Per mesi lo aveva ignorato, ma adesso era arrivato il momento di rivederlo. Sentiva ancora nelle orecchie le sue ultime parole: *Sali a bere o no?* Dopo il disastro che aveva provocato, l'unica cosa che era capace di dire era: *Sali a bere o no?* Lasciò la donna ai suoi pianti, scese le scale in fretta e pedalando forte corse a casa di Rodolfo. Non lo trovò nemmeno questa volta. Le persiane erano sprangate, e non c'era nemmeno l'automobile. Tornò a cercarlo per una settimana, ma la casa sembrava disabitata. Chiese a una vicina, e venne a sapere che Rodolfo se n'era andato già da un mese. Era venuto suo padre e se

n'erano andati insieme carichi di valigie. Lei non sapeva altro. Rocco andò a cercare Rodolfo alla villa di
suo padre, sulle colline intorno alla città. Non c'era
nessuno nemmeno lì. Spariti. Dove diavolo erano andati? Si dava pugni in testa... Avrebbe dovuto ammaz-
zarlo quella famosa sera...

Nonostante le promesse di non belligeranza, a giugno Mussolini dichiarò guerra all'Inghilterra e alla Francia, promettendo una vittoria rapida e indolore. Ma a vincere furono la miseria e la fame. Nelle città si staccavano le cancellate per rifornire l'industria bellica, e in tutta Italia si donavano le fedi nuziali per la patria. I muri vennero tappezzati di manifesti... *Tutto e tutti per la vittoria... Tacete, anche le mura hanno orecchie... Vogliamo e dobbiamo tacere, SILENZIO!*

Rocco venne richiamato alle armi e finì a Gorizia. Chissà dov'era Rodolfo, in quel momento. Dopo la sera delle *spiegazioni* non lo aveva più visto. Di sicuro era riuscito a imboscarsi, con l'aiuto del suo potente padre. Sempre così, i poveracci a morire e i ricchi a dormire. Sperava che almeno la Giustizia Divina facesse il suo dovere.

L'8 settembre Rocco buttò la divisa alle ortiche e saltò su un treno diretto a sud, mentre l'Italia veniva invasa dai tedeschi. Si nascose sulle colline e si unì a un gruppetto di sbandati che si davano arie da partigiani. Cinque fucili della Grande Guerra e due pistole che avevano sparato contro i falangisti. Dormivano nei fienili e nelle stalle, e chiedevano da mangiare ai contadini. Ogni tanto uno se ne andava, e ne arrivavano altri. A Rocco non gliene fregava nulla dell'Italia e degli italiani. Non riusciva a dimenticare il viso di Anita nella cassa da morto... *Se fosse rimasta con me non sarebbe morta.* Pensava spesso anche a Rodolfo. Chissà dov'era, quel figlio di puttana.

Riuscì a tenersi lontano dalla guerra fino alla fine, e quando tornò a casa trovò un impiego in una piccola tipografia. L'Italia era un cumulo di macerie, e la miseria era la merce più diffusa. Ricostruire un paese a stomaco vuoto non era facile. Rocco era stato fortunato a trovare lavoro.

Si teneva lontano dalle donne, e non si fidava di nessuno. Un giorno decise di passare davanti alla casa di Rodolfo, ma il giardino invaso dalle erbacce diceva chiaramente che era disabitata. Come l'altra volta andò fino alla villa del padre, ma anche quella era in stato di abbandono. Dov'era scappato, quel codardo? Era morto o si era salvato? Era colpa sua se Anita era morta. Non meritava di vivere tranquillo. Mordendosi le mani giurò che se lo avesse rivisto...

Passarono gli anni, ma Rocco non riusciva a dimenticare. Cominciò a giocare a poker nel retro di un bar, con ogni tipo di gentaglia. Più perdeva, più beveva. *Se fosse rimasta con me...*

Una notte si giocò la casa, e la perse. Si trasferì in una stanza in affitto. Beveva sempre di più. *Era tutta colpa di Rodolfo, tutta colpa sua.*

Dopo qualche anno perse il lavoro, e non si dette

da fare per trovarne un altro. Non voleva fare il manovale, non gli sembrava giusto. I soldi finirono, e la padrona di casa lo buttò fuori. Non aveva la forza di ricominciare, e si lasciò andare del tutto. Mentre l'Italia si arricchiva e strombazzava per le strade, lui si trascinava sui marciapiedi, mangiava rifiuti, dormiva sui cartoni. *Tutta colpa di Rodolfo.* I primi giorni erano stati terribili, si sentiva opprimere dall'umiliazione e si disperava. Dopo un paio di settimane si era già abituato, e lentamente la fame prese il posto dei ricordi... Ecco, la sua vita era tutta qui.

Steppa infilò due dita nel calzino per tirare fuori le sigarette, ne raddrizzò una alla meglio e l'accese. Rocco sentì l'odore del fumo e si tirò su.

«Hai una sigaretta?»

«Ne ho solo quattro.»

«Dammene una.»

«Domani me la rendi?»

«Certo che te la rendo.»

«Guarda che se non me la rendi...»

«Te la rendo, te la rendo... Fammi fumare.»

«Se non me la rendi...» Gli passò una sigaretta mezza rotta. Rocco l'accese e tirò con avidità. Aveva ancora davanti agli occhi il manifesto con la faccia del suo vecchio *amico*.

«Tra una settimana sarà qui... Per una conferenza...»

«Di chi cazzo parli?»

«Rodolfo.»

«Ah, quello che si è scopato la tua donna?»

«Vaffanculo...»

«Sei te che l'hai detto, coglione.»

«Dicevo vaffanculo a lui, a Rodolfo.» Rodolfo

Stonzi, il suo amico Rodolfo Stonzi. Per tutti quegli anni non aveva più pensato a lui, si era addirittura dimenticato che esistesse. Nemmeno a Anita aveva più pensato, nemmeno a lei. Poi quel maledetto manifesto...

«Steppa, te ci credi alla Giustizia Divina?»

«Chi se ne frega.»

«Io a volte sì, e a volte no.»

«Cazzi tuoi.» Il gigante si voltò dall'altra parte e si mise a fumare veloce. Pulci enormi camminavano sul suo cranio lurido. Era già notte fonda, e nell'aria nera si scorgeva il tremolio dei pipistrelli. Rocco si sdraiò di nuovo sul materassino. Tirava profonde boccate dalla sigaretta, guardando il fumo che si disperdeva al vento. Anche la sua vita si era dissolta nello stesso modo... Ma nessuna giustizia umana avrebbe mai punito il professor Rodolfo Stonzi. E per cosa? Non aveva mica ammazzato nessuno. Non con le sue mani. Aveva solo detto la frase giusta al momento giusto, e il destino si era messo in moto. Si bruciò le dita e gettò via la cicca con rabbia.

Uno t'infila un coltello nella pancia e lo gira, lo rigira, vuole farti male. Questo va bene, va benissimo. Almeno puoi guardarlo negli occhi. Ma Rodolfo non aveva fatto così. Aveva lanciato la pietra ed era scappato via a testa bassa, per non vedere dove cadeva.

Rocco si alzò in piedi con un lamento, e ignorando i borbottii di Steppa barcollò fino alla sponda del fiume. Si mise seduto sull'erba, a guardare la massa d'acqua sporca che passava sotto il ponte, increspata di mulinelli. Lungo i bordi erbosi del fiume si agitavano le ombre di grossi topi. Il cielo era sforacchiato di stelle, e sopra le case si stava alzando una luna immensa... Rodolfo... Rodolfo...

«Signor commissario.»

«Prego...»

«Vorrei denunciare un omicidio.»

«Si accomodi.»

«Grazie.»

«Mi dica tutto.»

«Ecco... Nel '39...»

«Nel '39?»

«Sì... Nel '39 un uomo ha detto alla mia fidanzata che io l'ho tradita, ma non era vero.»

«E cosa c'entra questo con l'omicidio?»

«C'entra eccome. Per colpa di quella menzogna la mia fidanzata si è messa a fare la prostituta a Torino, ed è morta. L'hanno trovata in fondo a una scarpata.»

«Non capisco... È stato quell'uomo a gettarla di sotto?»

«No.»

«E allora? Mi faccia capire.»

«Il fatto è che... Se quell'uomo non avesse detto alla mia fidanzata che io l'avevo tradita, lei non sarebbe morta.»

«In che senso, scusi?»

«E se proprio vuole saperlo, anche la mia vita è andata a puttane per colpa di quell'uomo.»

«È facile dare la colpa agli altri.»

«La prego, mi ascolti...»

«Ognuno la vita se la rovina da solo.»

«Sì, ma certe volte...»

«Senta, non ho tempo da perdere.»

«Ma la giustizia non sempre...»

«Ho cose più serie a cui pensare, caro signore.»

«La giustizia...» No, lo sapeva bene... La giustizia umana non avrebbe mai condannato il professor Stonzi. Doveva fare da solo. Dopo millenni di apatia, adesso sentiva nel petto una fiammella di gioia. Aveva finalmente trovato un motivo per vivere. Erano quarant'anni che le sue giornate erano vuote di ogni significato. Adesso volontà e desiderio lo stavano come risuscitando, riportandolo con la memoria ai tempi in cui ogni minuto della sua giornata era dominato da progetti e propositi. Era bello scoprire che la sua anima non era del tutto morta. Un grande scopo era capace di rendere degna qualsiasi merda di vita. Sorrise, continuando a osservare la massa d'acqua che fluiva silenziosa. Si sentiva come quel fiume, che nessuna forza al mondo poteva fermare. Fino al giorno prima era un povero vecchio rincoglionito dalla miseria, incapace di vedere più in là della propria fame. Ora gli sembrava di ritrovare poco a poco l'antica lucidità.

Doveva fare qualcosa, si ripeteva. Per il delitto di Rodolfo nessun tribunale avrebbe speso un solo minuto. Ma le colpe non si cancellano... sarebbe troppo facile. Il Giudizio Universale? Be', non aveva nessuna voglia di aspettare la giustizia di Dio. No, Dio non c'entrava nulla. Era una questione privata. Rodolfo

Stonzi era suo. Sorrise. Era lui il Dio di Rodolfo, e anche il suo unico tribunale. Il processo era già terminato, la sentenza semplice come uno sputo: colpevole. E la pena? La pena la decideva lui, Rocco. Mancava solo il patibolo...

A un tratto capì cosa doveva fare. Doveva colpire il professor Stonzi dove avrebbe sentito più male: la fama, la gloria. Doveva essere qualcosa che non gli permettesse di rialzarsi, che lo distruggesse fino in fondo. Si morse le labbra. In mezzo alle fiammelle di gioia bruciava un odio perfetto.

La luna era piatta, devastata dal vaiolo. Un topo grasso trotterellò davanti ai suoi piedi e corse a buttarsi nell'acqua. Di là dal fiume, le finestre illuminate dei palazzi sembravano i lumini di un colombario. Poco a poco si spensero. Tranne una, la stessa di ogni notte da anni. Chissà chi ci abitava, in quella casa. Una povera sarta che lavorava tutta la notte, come sua madre? Un insonne che guardava la televisione fino all'alba, fumando e bevendo? Prima di allora non glien'era mai fregato nulla di chi ci abitasse, e adesso invece...

Vicino all'acqua l'aria era troppo fredda. Tornò dolorante fino al suo giaciglio, e vide che Steppa se n'era andato. Si sdraiò sulla schiena e chiuse gli occhi, sperando di addormentarsi in fretta. Dopo qualche minuto si tirò su di nuovo. Aveva solo una settimana, e la sentenza doveva essere eseguita a tutti i costi. Doveva distruggere Rodolfo Stonzi.

La notte avanzava, il tempo si consumava. Una

settimana passava in fretta. Rocco faceva girare lo sguardo sulla tavola nera del cielo, alla ricerca delle stelle più piccole. La massa fangosa del fiume scorreva inesorabile, spaccando in due la città. Come poteva fare per...?

L'alba era già alle porte quando si ricordò di Bobo, un ebreo sopravvissuto per miracolo al campo di Birkenau. Chissà se era ancora vivo, e se dormiva sempre nella stessa baracca. Era un pezzo che non lo vedeva.

Bobo era un disgraziato come lui. Deforme, senza un occhio, magro come un bastone, ma ancora pieno di forza. Tutto ossa e muscoli nervosi. La sua faccia devastata di cicatrici emanava qualcosa di cattivo. A tenerlo in piedi era il rancore verso il mondo intero.

Uno come Bobo doveva pur servire a qualcosa. Valeva la pena di andarlo a trovare. Si alzò in piedi e si mise in cammino. Il primo sole illuminava appena il bordo del cielo, spandendo sulla terra una luce verdognola. Forse Bobo...

Si faceva chiamare Bobo, ma non era il suo vero nome. *Il mio nome di prima era per l'uomo di prima.* Dopo il Campo gli era rimasto dentro un odio senza rimedio. In genere parlava poco, ma a volte vomitava parole. Come i pazzi. Ogni tanto ne sparava una delle sue. *Uccidere va bene, ma umiliare no, non si deve umiliare nemmeno una mosca... Così pensavo, prima del Campo.*

Una sera di molti anni prima era sceso sulla sponda del fiume insieme a Rocco. Si erano messi a sedere per terra, rivolti verso l'acqua. Bobo aveva tirato fuori due sigari che aveva trovato in un cestino, e ne aveva offerto uno a Rocco. Senza che nessuno glielo avesse chiesto si era messo a raccontare di Birkenau...

Insieme a migliaia di scheletri come lui aveva scavato fosse per l'eternità, sotto il sole e sotto la neve. Fosse che non servivano a nessuno. Al Campo lo sapevano tutti che i morti venivano bruciati. Scavavano fosse perché *Arbeit macht frei*, diceva, con un sorriso malvagio.

Capitava che qualcuno si lanciasse contro i reticolati, e i tedeschi lo lasciavano fare per vederlo friggere con l'alta tensione. Un divertimento come un altro, in quel bosco di betulle isolato dal mondo.

Bobo si contava le costole, era pelle e ossa, ma cercava di resistere. A forza di lavorare di vanga e di vivere come un animale affamato gli era venuto un dolore a una gamba che lo costringeva a zoppicare, ma durante la Selezione si sforzava di non farlo vedere e camminava dritto, sopportando le fitte nelle ossa. Chi non poteva più essere usato come schiavo finiva dritto al gas. Mica si poteva sprecare una zuppa di ortiche al giorno per un buono a nulla...

Al Campo aveva lavorato anche nel settore dove si spogliavano i cadaveri, prima che venissero portati ai forni. Gli erano passati sotto molti compagni di baracca, e una volta si era trovato davanti un amico di cui non aveva saputo più nulla.

Una mattina di sole, dopo la consueta Selezione, lo avevano portato via insieme a un gregge di ombre. Eppure lui un po' di forza ce l'aveva ancora. Davanti agli ispettori era riuscito a camminare abbastanza diritto, con il mento alto. Ma era inutile cercare anche un solo granello di logica, a Birkenau. Era convinto di andare a morire insieme agli altri, invece lo avevano separato dal gruppo e si era ritrovato da solo in una baracca. Aveva capito subito, e si era sentito schiacciare dalla disperazione.

Un adepto del grande *scienziato* Mengele lo aveva scelto per i suoi esperimenti. Aveva lo sguardo intenso, e parlava con un tono molto gentile. Bobo era diventato uno dei suoi trastulli. Intorno al tavolo operatorio c'erano sempre dei giovani assistenti, ansiosi di imparare. Di giorno in giorno il medico gli aveva tolto varie parti del corpo, ovviamente senza alcuna anestesia. Un occhio, un orecchio, due dita del piede... Le urla dell'ebreo numero 201157 non sembravano disturbarlo, anche perché metteva sempre dei batuffoli di cotone nelle orecchie. Ogni tanto si fermava per scrivere degli appunti sopra un taccuino, poi continuava. Gli aveva asportato il muscolo di una guancia, e mezza faccia era scivolata verso il naso, come una maschera sgonfia. *Dolore? Non so se sia la parola giusta.* Ma il dolore si dimentica, prima o poi. Gli occhi del medico, sopra di lui nella luce abbagliante, non se li poteva scordare. Occhi azzurri, quasi trasparenti. Lo sguardo curioso come quello di certi bambini. Bobo aveva cercato in quegli occhi la cosa più sensata: l'odio. Ma non aveva trovato nessun odio. Solo una serena gioia demoniaca, non di fare il male, ma di poterlo fare a piacimento. Essere il dio supremo... non il dio di un essere umano, ma dell'ebreo numero 201157, così come di molti altri ebrei, di zingari, di storpi...

Dalle stanze accanto arrivavano a ondate le urla degli altri prigionieri, insieme al parlottio dei *chirurghi* che tagliavano, castravano, sterilizzavano... annotando i risultati con rigore scientifico. Le grida delle cavie umane sembravano lo stridore di macchinari spinti al massimo.

Bobo non sapeva mai se era giorno o se era notte, e il proprio corpo era diventato il suo peggior nemico. L'unica cosa che desiderava era morire in fretta. Pensava spesso alla possibilità di uccidersi, ma non era riuscito a farlo. Nonostante tutto era attaccato alla vita. Doveva aspettare la morte con pazienza. L'inferno che ritrovava ogni volta sopra quel tavolo aveva qualcosa a che fare con l'eternità. Non riusciva a immaginare che potesse finire, o meglio non aveva nemmeno più la forza di *immaginare*. Invece un bel giorno i tedeschi se n'erano andati in fretta e furia, senza riuscire a uccidere tutti gli ebrei. Fuggiti via per salvarsi il culo. E qualche giorno dopo erano arrivati i russi. L'incubo era finito, o quasi.

Bobo ci aveva messo quasi sei mesi per tornare a casa, ma al posto del palazzo dove abitava aveva trovato un cumulo di macerie. Non rivide nessuno dei suoi parenti, erano stati deportati e non erano tornati. Non aveva più nessuno.

Gli esperimenti del Campo lo avevano trasformato in un mostro difficile anche da guardare, nessuno voleva dargli lavoro, nessuno lo voleva accanto, e alla fine si era arreso alla strada.

Qualche anno prima, rovistando nell'immondizia si era trovato in mano una rivista, e sfogliandola senza interesse si era imbattuto in una pagina che parlava della possibile morte di Mengele. L'angelo della morte di Auschwitz, lo chiamavano. Vedere la sua foto non fu piacevole, ma si costrinse a leggere. Dopo aver scampato Norimberga, nessuno lo aveva mai più trovato. Era fuggito in Sudamerica, sparito nel nulla... e forse adesso era finalmente morto, ucciso da un infarto mentre nuotava in mare. Erano anche riportati alcuni dei suoi esperimenti di eugenetica per la salvaguardia della razza ariana, esperimenti davvero molto utili per l'umanità: trapanazioni del cranio, asportazioni della tiroide, iniezioni di acido negli occhi per modificarne il colore, congelamenti, mutilazioni, inoculazioni di batteri della lebbra e del tifo... Per ottenere risultati apprezzabili ci volevano molte cavie umane e molta pazienza, due cose che a Birkenau non mancavano.

Rocco si lasciò alle spalle gli ultimi palazzi della città, e proseguì ancora avanti. Sperava che Bobo vivesse ancora nel solito posto, una baracca di lamiera addossata allo scheletro di un capannone mai ultimato. Chissà perché si era messo in testa che l'ebreo potesse aiutarlo. Ripensava ai racconti di Bobo. Dopo la guerra aveva visto al cinema i filmati dei campi di sterminio, e per colpa di quelle immagini aveva dormito male per molte notti. Aveva visto anche le facce dei nazisti al processo di Norimberga...

Il sole si stava alzando, e illuminava senza pietà la desolazione di quella campagna abbandonata che aspettava l'arrivo del cemento.

Arrivò alla baracca e si affacciò dentro. C'era una gran puzza. Nell'oscurità intravide Bobo sopra il materasso, rannicchiato come un ragno.

« Ehi, Bobo... » disse, tirando un colpo alla lamiera. L'ebreo alzò la testa di scatto. L'occhio che gli era rimasto brillava come una pietra bagnata.

« Chi è? »

« Rocco... »

« Allora non sei morto. »

« Nemmeno te. »

« Che vuoi? »

« Hai una sigaretta? »

« Sei venuto fin qua per una sigaretta? »

« Non solo... »

« Tieni. » Bobo gli lanciò una sigaretta americana con il filtro. Roba costosa, chissà come faceva a trovarle. Rocco si sedette sulla soglia della baracca e accese, gustando una boccata profonda.

« Come te la passi, Bobo? »

« Cosa sei venuto a fare? » Anche l'ebreo si era messo a sedere, e lo fissava da dentro la sua tana. Sopra l'orbita vuota pendeva la palpebra ormai indurita, e il suo viso deformato era pieno di crateri.

« Voglio distruggere un uomo » disse Rocco.

« E allora? »

« Non so come fare. »

« Allora non lo vuoi abbastanza. »

« Non ho mai voluto nulla più di questo. »

« Chi è? »

« Ha fatto del male alla mia fidanzata. »

« Non farmi ridere... »

« È successo nel '39. »

« Ah, ecco... »

« È morta per colpa sua... Si chiamava Anita... »

« Perché lo racconti a me? »

« Aiutami a distruggerlo » disse Rocco, spegnendo la cicca nella terra. Bobo sorrise, e la ragnatela di piaghe che aveva sulla faccia si animò.

« Vuoi la tua vendetta... »

« Sì. »

« Mi piace. » L'occhio dell'ebreo s'illuminò di cattiveria. Si sputò sopra il tatuaggio del Campo e ci strusciò sopra le dita. Quel pezzo di pelle voleva tenerlo sempre pulito, il suo numero si doveva leggere con chiarezza.

Rimasero in silenzio, mentre in lontananza la città si stava svegliando. Più in là, in mezzo al terreno abbandonato, sopra un cumulo di rifiuti saltellavano un paio di corvi.

Bobo uscì finalmente dalla baracca, e si sedette di fronte a Rocco. Alla luce del giorno la sua faccia era assai più orribile, sembrava quella di un cadavere in decomposizione. Ma come sempre il suo unico occhio smaniava di vita. Accese una sigaretta, e fece uscire il fumo da quel che gli era rimasto del naso. Rocco si mordeva le labbra.

« Devi darmi una mano, Bobo... »

« Parlami di questo signore. »

« Dammi un'altra sigaretta. » L'accese, pensando con disgusto alla propria vita spesa tra la sporcizia e il fetore.

« Allora? » lo incalzò Bobo, curioso.

« Avevo un buon lavoro, lei mi amava, stavamo per sposarci. Ma lui ci ha messo il naso, e con una menzogna ha rovinato tutto... Una sola menzogna, ci pensi? Una sola porca menzogna e la mia vita è andata a rotoli... Che altro c'è da sapere? »

« Chi è quest'uomo? Cosa fa? »

«Adesso è un professore, credo che viva in America. Ma tra una settimana arriva in città per una conferenza. »

«Professore di che? »

«Sul manifesto c'è scritto BIOGENETICA, non so bene cosa sia. »

«Biogenetica... » ripeté l'ebreo in un sussurro.

«Cosa posso fare, Bobo? Devo distruggerlo... Manca solo una settimana... »

«Fammici pensare. » Bobo rimase immobile a fissare il cielo, dove ogni tanto si vedeva passare una rondine. Rocco aspettava, ansioso di sentirlo parlare. Nel silenzio si sentiva il brusio del traffico che arrivava dall'autostrada.

Dopo diversi minuti, l'ebreo finalmente sorrise. Rocco sporse la testa in avanti, impaziente.

«Hai trovato? »

«Forse sì. »

«Dimmi... »

«Fallo diventare un medico di Birkenau. »

«Che? »

«Quanti anni ha? »

«Più o meno la mia età. »

«Come si chiama? »

«Rodolfo... Rodolfo Stonzi » disse Rocco, stringendo i pugni. L'ebreo sorrise.

«Ti sbagli. »

«Eh? »

«Si chiama Rudolf Sthönz. »

«Rudolf Sthönz?» Quel nome aveva un suono perfido.

«Rudolf Sthönz...» disse ancora Bobo.

«Non capisco... Parla chiaro...» Non aveva più saliva.

«Semplice. Devi far sapere a tutti qual è il suo vero nome.»

«Rudolf Sthönz?»

«Rudolf Sthönz, medico assistente di Mengele. Tutti conoscono Mengele, ma quel gentiluomo aveva molti assistenti, e molti di loro sono riusciti a dissolversi nel nulla» disse l'ebreo. Rocco stava cominciando a orientarsi.

«Ma come devo fare?» chiese, ansioso.

«Che ne so. Arrangiati.»

«Si fa presto a dire... *Fallo diventare un nazista...* E se non ci crede nessuno?»

«Le menzogne possono fare molto male... Tu lo sai bene, lo hai appena detto...»

«Sì, ma...»

«Non importa se ci credono o no, il dubbio è già molto.»

«Dici?»

«Se fai le cose per bene, puoi far calare un'ombra d'infamia su di lui. Di certo la sua vita non sarà più come prima.»

«Magari fosse vero...»

«Provaci.»

«Dai Bobo, facciamolo insieme.»

«No...»

«Perché?»

«Se davvero vuoi distruggere quell'uomo non hai bisogno di nessuno. Ora vattene.» Camminando a quattro zampe s'infilò nella baracca e si sdraiò di nuovo sul materasso.

«Bobo... Porca di una puttana...»

«Voglio dormire. Ieri sera ho bevuto troppo champagne, al ricevimento del sindaco» disse l'ebreo.

«Bobo...»

«Lasciami in pace.»

«Mi dai un'altra sigaretta?»

«Prendile tutte.» Gli lanciò il pacchetto.

«Grazie. Ehi, Bobo...»

«Che c'è?»

«Com'è che ti chiamavi, prima?»

«Mi chiamavo 201157, adesso però lasciami in pace.»

«Se non mi dai una mano non ce la farò» disse Rocco, aspettando invano che l'ebreo gli rispondesse. Alla fine si alzò, accese un'altra sigaretta e se ne andò fumando lungo il sentiero, sotto il sole che continuava ad alzarsi. La città era laggiù, davanti a lui, e non gli era mai sembrata così cattiva.

Una settimana. I primi tre giorni li passò a pensare. Quando non andava in cerca di cibo nella spazzatura se ne stava sotto il ponte, sdraiato sul materassino con le mani dietro la nuca. Oppure si sedeva sull'argine e fumava, guardando il fiume che da millenni andava a morire nel mare.

Tre giorni inutili. Ne restavano quattro. Non poteva lasciarsi sfuggire l'occasione. Vendetta, aveva detto Bobo. Ma sì, non era il caso di fare inutili giri di parole: era una vendetta. In certi casi la giustizia aveva qualcosa di troppo gentile. Qui ci voleva la mannaia. Vendetta. Non poteva nemmeno immaginare di non riuscire a trovare il modo per...

«Rudolf Sthönz... Rudolf Sthönz...»

Era appena scesa la notte, i pipistrelli volteggiavano intorno ai lampioni in mezzo a nuvole di insetti. Nella penombra apparve la sagoma poderosa di Steppa che avanzava sulla banchina. La sua testa spiccava tonda e liscia contro il cielo, che nonostante le nuvole era appena rischiarato dalla luna quasi piena, come una tenda davanti a una candela.

Steppa si lasciò andare a sedere sul cemento, accanto a Rocco. Sembrava triste. Si tirò uno schiaffo sulla fronte per uccidere una mosca, poi la schiacciò tra le dita fino a sminuzzarla. Brutta serata. In lontananza, forse di là dal fiume, si sentiva la melodia dolcissima di una canzone. Le parole non si capivano, ma la voce era carica di malinconia. Ratti grossi come mattoni scorrazzavano senza posa.

Steppa si guardava le mani. Erano grandi e sporche, piene di cicatrici, alcune sottili e bianche, altre rotonde come vaiolo. Bestemmiò sottovoce e accese una sigaretta mezza rotta. Sudava, nonostante facesse quasi freddo.

«Non so... Non lo so... A volte mi viene voglia di... Non lo so come mai... Un motivo ci sarà...» Fumava rabbioso, con gli occhi disperati. Rocco fissava il cielo soffocato di nuvole, con la testa affaticata dai pensieri.

«Steppa...»

«Che c'è?»

«Cosa facevi prima?»

«Prima di che?»

«Prima di finire in questo modo.»

«In quale modo?»

«A vivere sotto un ponte...»

«Io qui ci sto bene.»

«Sì, ma prima dove stavi?»

«Molti anni fa mi avevano rinchiuso in un ospedale pieno di mentecatti.»

«E cosa facevi?»

«Nulla, mangiavo cacavo e camminavo nei corridoi.»

« E prima ancora dov'eri? »

« Che cazzo sei, un poliziotto? »

« Era solo per parlare... »

« Non mi va di parlare. »

« Fanculo... » sussurrò Rocco. Si lasciò andare disteso sul materasso, faccia al cielo. Adesso che il suo passato era tornato a galla, gli veniva voglia di conoscere il passato degli altri. Era curioso di sapere se anche Steppa aveva vissuto un grande amore, o se al mondo ci fosse qualcuno che odiava.

Rimasero in silenzio, uno accanto all'altro. Il cielo si preparava a un acquazzone, nell'aria si sentiva già l'odore della pioggia. Rocco continuava a pensare a Rudolf Sthönz, il giovane medico nazista assistente di... di... di Mengele. Bobo l'aveva fatta facile. Invece non era mica così facile. E se non ci fosse riuscito? Anzi, per adesso non sapeva dove sbattere la testa. Ma nonostante tutto sentiva dentro il cuore una calma infinita. Come allora, nel '39, quando aveva saputo tutto. Perché non lo aveva ammazzato quella sera stessa? Se avesse potuto tornare indietro... Adesso era vecchio. Vecchio e stanco. Uno sventurato che si consumava come una candela, e che presto sarebbe morto.

La città era viva. Le sue luci andavano a sbattere contro il cielo, fregandosene di un Dio che aveva creato il giorno e la notte. Una nebbia giallastra stagnava sopra i tetti. A un tratto Steppa si abbracciò le ginocchia e cominciò a parlare.

« Ci ho pensato bene, è molto tempo che ci penso...

Di là non c'è nulla, nulla di nulla, capisci cosa dico? Me lo sento che non c'è nulla. Mi fanno ridere tutti quei preti che vanno su e giù per le chiese a biascicare della vita eterna. Mentre mi addormento non viene nessuno a soffiarmi sulla faccia... Quando ero bambino le monache mi dicevano: *Non avere paura del buio, mentre ti addormenti Dio ti soffia sulla faccia e ti protegge...* Non è vero un cazzo! Dio non c'è, non c'è nulla. Se qualcuno mi parla di Dio gli sputo sulla bocca.»

«Lascia stare...» disse Rocco.

«Non vedo l'ora di trovarmelo davanti, questo Dio... Poi lo vedi cosa gli faccio... Gli devo dire un sacco di cose...»

«Fregatene.»

«Ce l'hai la sigaretta che mi devi rendere?»

«Sì...» Aveva passato il giorno a mendicare sigarette, per paura di rimanere senza. Ne passò una al bestione e ne accese una anche per sé. Si ributtò giù. Non faceva che pensare a quel maledetto nazista di Rudolf Sthönz. Oltre il bordo dei tetti lampeggiò una luce, e dopo un po' si sentì in lontananza il brontolio prolungato di un tuono. Steppa soffiava il fumo dal naso e scuoteva la testa.

«Un motivo ci sarà... Un motivo ci sarà...»

«Che ti prende?»

«Nulla... Porca di una puttana...»

Di nuovo silenzio. Le ombre dei topi correvano, si bloccavano, si accavallavano, sembrava una battuta di caccia. Steppa sussultò, sembrava un singhiozzo di dolore.

«Che schifo!»

«Con chi ce l'hai?»

«Mi sento di merda. Guarda quei topi, sembrano felici... E io? E io?»

«Dormi...» Rocco gettò via la cicca e si strinse nel cappotto. Ancora quattro giorni. Doveva fare la cosa più importante della sua vita, e mancavano solo quattro giorni. Si addormentò con il viso di Anita davanti agli occhi. Anita che lo guardava con disprezzo.

Si svegliò per colpa dei mugolii di Steppa. Il mostro singhiozzava, e per togliere via le lacrime si dava manate sugli occhi. Rocco si alzò a sedere, infilò una mano in tasca e tirò fuori due sigarette. Le accese e ne offrì una a Steppa.

«Tieni, fuma.» Steppa prese la cicca e tirò sei o sette boccate violente, strusciando i piedi sul cemento. Non piangeva più.

«Stanotte voglio ammazzare qualcuno, trovo un porco e l'ammazzo... O magari una donna... Sì, meglio una donna...»

«Meglio un porco» disse Rocco. Immaginò le mani nodose di Steppa che strangolavano il professor Rudolf Sthönz, e sentì una puntura di gioia nello stomaco... Però no, così non andava bene... Un'intera vita da miserabile non poteva avere lo stesso valore di una morte rapida. Anche assistendo personalmente alla scena, la sua soddisfazione sarebbe durata meno di una sigaretta. No, così no. Rudolf Sthönz non doveva morire subito. Ci voleva un dolore che lo tormentasse ogni minuto, possibilmente per sempre.

Quattro giorni, cazzo! In quattro giorni doveva trovare il modo di rovinare un uomo.

Steppa si era un po' calmato. Fece l'ultimo tiro bruciandosi le labbra e buttò via la cicca. Si grattò forte la testa con le unghie.

«Stanotte bisogna che ammazzi qualcuno... Tutto si paga a questo mondo... Se io mi sento così qualcuno deve pagare, no? Eh? Te che dici? Perché non parli? Non mi piace la gente che non parla.»

«Dormi...»

«Ora vado in giro per la città, e al primo che vedo gli chiedo se vuole fare due chiacchiere con me perché sono triste... Se dice di no l'ammazzo, gli apro la testa come un fico. Ti piace la cosa?»

«Perché non ti metti giù?»

«Io sono buono, te lo sai no? Se vedo un passerottino ferito... Però anch'io ogni tanto ho bisogno di tirare fuori il diavolo, sennò mi ammalo. Si vede bene che ho gli occhi buoni, no? Farei male a una mosca, io? Eh? Farei male a una mosca, senza un motivo? Però... Che cazzo... Comunque non ti preoccupare, quando torno non ti sveglio.» Si alzò per andarsene, e Rocco si tirò su.

«Steppa...» Gli era venuto in mente che forse...

«Che c'è?» disse il gigante, impaziente.

«Devo fare una cosa. Mi dai una mano?»

«Che devi fare?»

«Dare una lezione all'uomo che mi ha rovinato la vita.»

«Perché no... Quando?»

«Fra qualche giorno.»

«Ci sto.»

«Bene.»

«Ora vado.»

«Steppa...»

«Che c'è?»

«Non vuoi sapere chi è quell'uomo?»

«Dimmelo.»

«È un medico nazista che nei campi di sterminio...
Lo sai cos'erano i campi di sterminio?»

«Quella cosa degli ebrei...»

«Ecco, quel medico nazista faceva esperimenti sugli ebrei. Li usava come animali da laboratorio, li
tagliuzzava qua e là.»

«Brutto...»

«Ora è un professore famoso e rispettato. Sta in
America.»

«Non va mica bene.»

«È quello che dico anch'io.»

«Gli strappo le palle e gliele faccio mangiare, che
ne dici?»

«No.»

«Perché no?»

«Dobbiamo fare una cosa più...»

«Più cosa?»

«Ancora non lo so... Ma ora ci penso... E se mi dai
una mano...»

Videro un'ombra avvicinarsi. Da come camminava,
Rocco capì subito che era Bobo. Steppa si rimise a
sedere, e l'ebreo si fermò davanti a loro.

«Ho cambiato idea» mormorò, con l'occhio dilatato.

«Ciao, Bobo» disse Rocco.

«So io come fare.»

«Per il nazista?»

«Sì.»

«Ah, per il nazista?» fece Steppa.

«Ci stai anche tu?» chiese Bobo.

«Certo.»

«Allora siamo in tre» disse Rocco.

«In tre.»

«Bene.»

«Dammi una sigaretta...»

Un aereo sopra l'Atlantico. Seduto in business class un uomo vecchio, piccolo di statura, con il viso ben rasato. Accanto a lui una donna giovane, occhi e capelli neri, bella, molto bella. Marianna. Italiana anche lei.

«Anche in Italia devo fingere di essere la tua assistente?»

«Cerca di capire. Ho quasi cinquant'anni più di te, e nella mia posizione... Insomma non vorrei pettegolezzi.»

«Ma cosa c'è di male?»

«Ti prego, non fare la bambina.»

«Se ci amiamo, cosa importa che...»

«Parla piano!» sussurrò il vecchio, stringendole una mano.

«Scusa...»

«Cerca di capirmi.»

«Sì...» Marianna si voltò verso il finestrino. Si vedeva solo una distesa di nuvole paffute, che in quel momento le sembravano tristissime.

Il professor Rodolfo Stonzi lasciò andare la testa contro lo schienale e chiuse gli occhi. Pensava distrattamente a quando era ragazzo, a come in mezzo alla noia della vita un bel giorno aveva scoperto il meraviglioso mondo della biologia. In quel momento aveva capito quale fosse la sua strada. Si era convinto di poter fare grandi cose, e non si era sbagliato. Non poteva immaginare che di là dall'oceano un suo *vecchio amico* lo stava aspettando. Forse non si ricordava nemmeno che esistesse.

Marianna pensava all'uomo che amava. Un maestro, uno scienziato che aveva immolato la sua vita sull'altare della ricerca, come dicevano in molti. Ogni tanto la trattava un po' male, ma era sicura che con il tempo... Sentì le lacrime scenderle fino al mento. Le nuvole erano bianchissime, galleggiavano in un azzurro ghiacciato. Stava scendendo la notte, e tra poco sarebbe stato tutto nero. Marianna si asciugò il viso in silenzio. Quando aveva saputo che sarebbero andati in Italia per quel convegno aveva provato un istintivo moto di repulsione, senza sapere il perché.

Il ronzio monotono dei motori aveva qualcosa di inesorabile, e le dava un senso di nausea. Non erano ancora arrivati e già odiava quel viaggio. Negli ultimi giorni il professore era diventato scostante e nervoso, a momenti quasi isterico. Non che di solito fosse affettuoso. Di giorno la trattava quasi come una vera segretaria, e di notte si avvinghiava al suo corpo smaniando di desiderio. A lei sarebbe piaciuta qualche carezza innocente, una volta ogni tanto. Ma in fondo andava bene anche così, l'amore che provava per lui riusciva a rimettere tutto in equilibrio. Si voltò a guardarlo. Il professore si era addormentato e russava appena, con la bocca mezza aperta. Aveva l'aria di un bambino. Marianna provò per lui una tenerezza infinita. In certi momenti si sentiva quasi una mamma che vuole accontentare il suo bambino. Un bambino che a volte faceva i capricci, pensò con un sorriso. Chiuse gli occhi e cercò di dormire. Mancavano ancora diverse ore all'atterraggio.

Erano partiti due giorni prima del convegno, perché il professore voleva esser fresco e riposato al momento del suo intervento. Aveva preparato con cura il suo discorso, battendolo di persona alla macchina da scrivere e correggendolo più volte. Voleva fare le cose per bene, come sempre. Era molto pignolo. Il suo nome era legato alle più avanzate ricerche nel campo della biogenetica. Anzi, senza esagerare si poteva dire che la biogenetica doveva molto al professor Rodolfo Stonzi.

Era senz'altro un innovatore, un pioniere, ma al tempo stesso si muoveva con i piedi di piombo tra le leggi della natura e la possibilità umana di controllarle. Era un campo minato, dove era facile incappare in scoperte capaci di scatenare le peggiori tendenze dell'uomo. Non voleva che nelle enciclopedie future il suo nome fosse accompagnato da frasi del tipo: ... *è a causa delle sue scoperte e delle sue pericolose teorie...* Preferiva che venisse scritto: ... *si deve alle sue coraggiose scoperte se oggi siamo in grado...*

Ma questo mondo retrogrado e bigotto andava scosso, in qualche modo. Si dovevano svegliare i dormienti, prepararli al futuro. Era inutile nascondersi dietro un dito: da sempre il sogno dell'uomo era quello di vivere più a lungo e soprattutto in buona salute. Tutto il resto contava meno del due di picche. Gli ultimi decenni erano stati dominati dalla Tecnologia, adesso era arrivato il momento di affidarsi alla Biogenetica.

Il professor Stonzi sonnecchiava, pensando a quante volte i giornalisti gli chiedevano se avesse mai pensato di vincere il Nobel. Lui sorrideva con modestia, dicendo che il suo lavoro non aveva bisogno di alcun premio... *L'unica vera soddisfazione è riuscire a fare qualche piccolo passo in avanti per migliorare il mondo...* E intanto scrutava gli occhi dei giornalisti per vedere se gli credevano.

Bobo aveva un piano. Disse che prima di tutto ci volevano dei soldi. Non molti, ma quei pochi erano necessari. Si piegò verso Rocco e gli sussurrò in un orecchio, per non farsi sentire da Steppa.

« Di questo demente c'è da fidarsi? »

« Penso di sì. »

« Che gli hai detto? »

« Che dobbiamo fare il culo a un nazista. »

« Mi sembra giusto... »

Finalmente Bobo si mise a spiegare la sua idea, soffermandosi sui dettagli. Mentre parlava le cicatrici che aveva sulla faccia sembravano vive. Rocco e Steppa pendevano dalle sue labbra. Era lui il capo. Quando finì di parlare, tirò fuori dalla sacca una bottiglia di grappa e cominciarono a bere. Dopo dieci minuti erano tutti e tre ubriachi.

« Ora mettiamoci a dormire » ordinò Bobo. Andò a sdraiarsi una decina di metri più in là, sopra un cumulo di stracci. Dopo Birkenau non sopportava più di dormire accanto a qualcun altro, di sentirlo respirare nella notte. Dopo pochi minuti si addormentarono tutti e tre come sassi.

Si svegliarono presto, e come era stato deciso andarono in cerca di soldi. Era domenica. Steppa si sedette davanti a una bella chiesa con la facciata di pietra. Accanto alla vaschetta di plastica per le elemosine aveva piazzato un cartoncino con scritto: SONO CIECO, HO FAME. Fissava il vuoto e tendeva la mano mormorando suppliche incomprensibili, infarcite di bestemmie e di commenti sulle donne. Si divertiva un sacco. Lui non era mica un lagnone del cazzo... Ma era proprio questo che gli piaceva. Fare finta di essere un altro. Prima di allora non gli era mai capitato. Piagnucolava e implorava cento lire per un tozzo di pane, e dentro di sé rideva. I fedeli di Cristo che uscivano dalla messa non erano molto generosi. Quasi tutti scappavano via a culo stretto, come se quel miserabile cieco disturbasse la loro serenità. Ogni tanto un turista gli scattava una foto, poi lasciava cadere una moneta nella vaschetta. Dopo un paio d'ore Steppa cominciò ad annoiarsi, e gli venne da pensare: *Perché tutto questo spreco di tempo? Potevo staccargli la testa, a quel porco nazista!*

Bobo si stufò presto di stare sugli scalini del Duomo, a contare gli spiccioli che cadevano nel cappello. Pensò a lungo a una soluzione meno noiosa e più vantaggiosa, e alla fine gli venne in mente un'idea. Non sapeva se avrebbe funzionato, ma non restava che metterla alla prova. Si mise le monete in tasca e s'incamminò verso i viali. Rovistò nella spazzatura finché trovò quello che cercava. Uno straccio non troppo sudicio, e una bottiglia vuota che riempì a una fontanella. Andò a piazzarsi a un incrocio dove c'era il semaforo. Si allungava sul cofano delle macchine ferme al rosso e puliva i parabrezza, fissando il guidatore con il suo occhio. Ogni tanto qualcuno pagava il servizio, soprattutto le donne.

Rocco si era seduto all'uscita di un supermercato, con la schiena appoggiata al muro. Il cartello diceva: AIUTATEMI A SOPRAVVIVERE, DIO VI BENEDICA. Quando una moneta cadeva nella sua mano faceva un piccolo inchino, pensando che nessuno di quei gentili signori poteva sapere a cosa sarebbero serviti quei soldi. Immaginava il nazista Rudolf Sthönz smascherato di fronte a tutti, disperato, che piangeva con il viso affondato in un morbido cuscino. Sarebbe stato bello fargli avere una lettera...

CHI SEMINA VENTO RACCOGLIE TEMPESTA

UN AMICO EBREO

Vedeva Rodolfo stracciare quel biglietto in mille pezzetti e gridare... *Non mi chiamo Sthönz! Non so chi sia questo maledetto Sthönz!* Sarebbe stato magnifico mandargli una lettera al giorno, per sempre...

CHI LA FA L'ASPETTI

RIDE BENE CHI RIDE ULTIMO

CHI NON MUORE SI RIVEDE

TANTO VA LA GATTA AL LARDO...

Prima di allora non aveva capito quanto fossero pro-
fondi i proverbi... Una lettera al giorno, anche a costo
di chiedere l'elemosina dalla mattina alla sera solo per
pagare quel maledetto francobollo... A momenti ci
parlava, con il suo vecchio amico... Tu sei Rudolf
Sthönz, e io sono il tuo ebreo. Sono cinquant'anni
che mi strappi la carne a piccoli pezzi... Ecco perché
sei Rudolf Sthönz! Tutti quelli come te si chiamano
Rudolf Sthönz! Io sono la tua Norimberga...

Quando Rocco scese sotto il ponte il cielo era ancora chiaro, ma il sole era appena scomparso dietro le case. Steppa era già arrivato, e Bobo apparve poco dopo. Si misero a contare i soldi.

«Quanto avete fatto?» chiese Bobo.

«Diciottomilasettecento.»

«Io sedicimilacinquecento.»

«Date qua, i soldi li tengo io.»

«E te quanto hai fatto?»

«Quasi trentamila. Domani mattina facciamo una bella colazione, dobbiamo essere in forze.» Bobo si mise i soldi in tasca, e dopo un cenno di saluto se ne andò. Rocco e Steppa rimasero sdraiati in silenzio, uno accanto all'altro. Non pensarono nemmeno per un secondo che l'ebreo potesse fregarli. Era come se avessero fatto un patto di sangue. Dalla città arrivava il rombo sonnolento del traffico, e ogni tanto il suono di un clacson... Una sirena lontanissima sembrava ricordare a tutti che la vita era appesa a un filo...

Rocco si addormentò quasi subito, stanco per la giornata. Era da molto tempo che non dormiva così bene. Sognò di essere sopra una barca di notte, in mezzo al mare. La luna si rifletteva nelle increspature dell'acqua, sembrava di vedere milioni di fiammelle. La barca oscillava dolcemente, e ovunque lui guardasse vedeva solo oscurità. Ma non aveva paura, anzi si sentiva sereno. Non stava andando da nessuna parte, non voleva nulla. Era la sensazione più bella che avesse mai provato...

Steppa per svegliarlo dovette scrollarlo con forza.

«Ehi, Rocco.»

«Che c'è?» Si svegliò ansimando.

«Secondo te stanotte è luna piena?»

«Che ne so... Lasciami stare...»

«Io dico di sì.»

«Stavo sognando... Cazzo...»

«Mi sa che vado.» Steppa si alzò in piedi.

«Eh? Dove vai?» Si voltò a guardarlo.

«Mi bruciano le mani...»

«Non sparire. Dobbiamo fare quella cosa.»

«Non ti preoccupare, torno presto.»

«Meglio se stai qui.»

«Dormi tranquillo...» Steppa se ne andò strascicando i piedi. Rocco alzò le spalle e si rannicchiò sul materasso. Chiuse gli occhi sperando di ritrovarsi nella barca di prima, in mezzo al mare. Ma ormai era sveglio, accidenti a quel bestione. Le rotelle del pensiero avevano ricominciato a girare. Non si sentiva tranquillo... E se il piano di Bobo non avesse funzionato?

Steppa avanzava silenzioso, più in fretta del solito. Gli sudavano le mani e se le asciugava sui calzoni. Quando camminava veloce in quel modo zoppicava un po', per colpa dei piedi senza dita. Mormorava parole strane, frasi che avevano un significato solo per lui. Aveva un sacco di cose da dire, quella notte.

Attraversò un viale illuminato e s'infilò in una traversa, lasciandosi dietro il traffico rilassato della notte. Sentiva nelle vene una specie di formicolio, e a momenti si mordeva le labbra. Costeggiò il muro della ferrovia, imboccò il sottopassaggio buio e quando sbucò dall'altra parte voltò a destra. *Troppa luce, troppa luce.* Dopo una bella camminata sotto gli alberi girò a sinistra e s'infilò tra le case. Finalmente arrivò in un quartiere poco illuminato, con lunghe file di palazzi piastrellati come cessi e separati da piccoli prati giallastri. Strade buie e deserte, come piacevano a lui. Si mise a trottare sul marciapiede, spiando ogni angolo. Dietro i palazzi s'intuivano i labirinti di cemento, e il silenzio era quello dei cimiteri...

A un tratto sentì dei passi lontani, e con un salto si nascose dietro una macchina parcheggiata. Sull'altro lato della strada vide passare due vecchi che parlavano di mogli noiose, accompagnati da un grosso cane peloso che strascicava le zampe. Il cane fiutò la sua presenza, alzò il testone e abbaiò un paio di volte, senza che i due uomini ci facessero caso. Steppa aspettò che si fossero allontanati e si rimise in marcia, guardingo come uno scimmione. C'erano pochissime finestre illuminate, e solo ogni tanto si sentiva il rumore di una macchina che passava in qualche strada là intorno.

Continuò ad avanzare tra i palazzi, e quando sentì la voce allegra di una donna si bloccò, tendendo l'orecchio. C'era anche un uomo. Dovevano essere dietro l'angolo della strada. Una risatina femminile, poi l'uomo disse qualcosa. Subito dopo calò il silenzio... Doveva essere il bacio, l'ultimo della notte. Infatti lei salutò, *Ciao*, e l'uomo rispose, *Ciao*. Una portiera che si chiudeva, una macchina che partiva. Steppa avanzò piano piano, e spiò da dietro l'angolo. La donna era ferma in mezzo alla strada. Giovane. Una ragazza, con la sottana corta. Aveva lunghi capelli biondi e guardava la macchina del suo uomo che si allontanava. Dal fondo della strada arrivò un colpo di clacson, l'ultimo saluto, e lei agitò in aria una mano. Dopo un attimo tornò il silenzio. Che cafone, pensò Steppa. L'ha lasciata lì da sola e se n'è andato, senza nemmeno aspettare che lei fosse entrata in casa.

La ragazza era già davanti al portone, e frugava nella borsetta per cercare le chiavi. Steppa le arrivò alle spalle senza il minimo rumore. Le coprì la bocca con una mano, e con l'altra le afferrò la vita intrappo-landole anche le braccia. La ragazza si divincolava, cercava di gridare, di mordergli la mano. Steppa la strinse più forte, affondando il naso nei suoi capelli e aspirando forte. Quei bei capelli biondi sapevano di buono, di cose pulite e giovani. Lei continuava a mu-golare, agitandosi come una serpe. Steppa le appoggiò la bocca sull'orecchio.

« Calma bella, tra poco è tutto finito. » La trascinò dietro i palazzi, lanciando occhiate alle finestre per controllare che non ci fosse nessuno. I tacchi della donna sbattevano sul cemento, e il rumore era piutto-sto fastidioso.

« Fai la brava, ti porto in un bel posto. » Finalmente la donna perse le scarpe. Adesso erano i piedi nudi a sbattere in terra, e si sentivano solo dei piccoli tonfi sordi. Steppa continuava a trascinarla e a sussurrarle all'orecchio. A momenti la ragazza si calmava per ri-prendere fiato, e all'improvviso dava degli scossoni che erano proprio una noia. Steppa s'infilò in un per-tugio che si apriva tra due palazzi e sbucò in un pra-ticello moribondo, non più grande di quattro tombe al cimitero, con in mezzo una piccola siepe di alloro ingiallito.

« Buona piccolina, ora ti libero. Però non devi ur-lare sennò mi arrabbio. Mi prometti che non urli? Eh? Sennò va a finire che ti faccio male... Non voglio mica, sai? » Tirò indietro la testa della ragazza, per poterla guardare negli occhi. Lei annuì come poteva, e riuscì a fargli capire che non avrebbe gridato.

«Lo so che sei una brava ragazza... Ora ti metto qui, ma stai buona... Te l'ho detto, se non stai buona rovini tutto...» La adagiò sull'erba e s'inginocchiò accanto a lei, facendole segno di non fiatare. La ragazza lo fissava atterrita, senza avere nemmeno il coraggio di alzare la testa. Steppa le salì a cavalcioni sulla pancia, e con le ginocchia le bloccò le braccia.

«Non senti mica nulla... Fidati di me...» Le fece anche un sorriso. La ragazza aveva un tremito al mento, e sembrava che bisbigliasse preghiere.

«Sei davvero bella, sai? Bella bella bella....»

«Lasciami andare... Ti prego... Lasciami andare...»

«Bella bella bella....» Mentre lei lo guardava con aria supplichevole, Steppa prese il suo capo biondo tra le mani, si concentrò per qualche istante... e lo girò di scatto. Si sentì solo uno schiocco leggero, come una noce che si rompe. Il capo biondo diventò pesante, e cadde all'indietro. Steppa lo tenne sollevato da terra con una mano dietro il collo. Era proprio una bella ragazza, ma con quella bocca aperta sembrava una scema. Sulle labbra aveva ancora un po' di rossetto, e al lato del naso luccicava un brillantino.

Steppa lasciò andare il capo sull'erba, piano piano. Povera ragazza, era tutta spettinata. Si accorse che la gonna si era alzata fino alle mutande, e la tirò giù. A un tratto sentì un rumore di passi, trascinò la ragazza dietro la siepe e si abbassò. Spiò attraverso il fogliame. Un tipo si fermò davanti a un portoncino di servizio e tirò fuori le chiavi. Parlava da solo, o forse stava canticchiando una canzone. Quando la porta si richiuse,

Steppa si alzò in piedi e si spolverò i vestiti. Ci voleva una sigaretta, una bella sigaretta. Frugò nella borsetta della ragazza e trovò un pacchetto quasi pieno... Cazzo, erano senza filtro! Com'è che una donna fumava senza filtro? Ma era sempre meglio di niente. Ne accese una e si mise a sputare trucioli di tabacco. Stronze sigarette. A lui piacevano quelle belle forti, però con il filtro. Si mise in tasca il pacchetto, ripassò dal pertugio tra i palazzi e si avviò sul marciapiede in direzione del centro. Era proprio una bella ragazza, sì, bella bella bella...

Arrivò sotto il ponte poco prima dell'alba. L'acqua fangosa avvolgeva i piloni del ponte come una crema. Rocco stava dormendo, o forse teneva soltanto gli occhi chiusi. Il suo viso era immobile come una pietra. Steppa si sedette accanto a lui e gli tirò una pacca sulla schiena.

«Rocco... Ehi, Rocco...»

«Che vuoi?» Non aprì nemmeno gli occhi.

«Le ho troncato il collo.»

«Che?»

«A una bella bionda, le ho troncato il collo...Ti va una sigaretta?»

«Quale bionda?»

«Bella bella bella... Però non le ho mica fatto male... Sono senza filtro ma meglio di nulla.»

«Lasciami in pace.»

«Ne ho un pacchetto pieno. Allora la vuoi o no?»

«Voglio dormire.»

«Rocco...»

«Dormi.»

«Io non faccio male nemmeno a una mosca.»

«Va bene.»

«Non le ho mica fatto male, alla bionda... Le ho preso la testa e l'ho girata così, e il collo si è rotto al primo colpo.» Aveva mimato anche il gesto.

«Certo...» Rocco si voltò dall'altra parte. Non ci credeva mica, a quella storia. Non faceva che vaneggiare, quel gorilla senza cervello.

«Ehi, Rocco... Secondo te cosa vuol dire una donna che fuma senza filtro?»

«Cazzo, perché non mi lasci in pace...»

«Anche la mia mamma era una bella donna, alta alta, con due gambe perfette.»

«Ma se non l'hai nemmeno conosciuta.»

«Chi te lo ha detto?»

«Sei cresciuto con le monache, me l'hai detto te.»

«Sì, però... Che c'entra? Io lo so che la mia mamma era bella... Lo so perché lo so...»

Silenzio, finalmente. Rocco non voleva dormire, voleva pensare. A momenti gli veniva da piangere, ma non capiva come mai. Steppa cominciò a darsi schiaffi sulla testa.

«Zitta! Zitta! Vattene fuori dai coglioni!»

«Mi dici che cazzo ti prende?» Rocco si tirò su. Il bestione continuava a darsi colpi sulla testa, imbestialito.

«È qua dentro! È qua dentro, cazzo!» Dilatava gli occhi, e ansimava di rabbia.

«Di che parli?»

«La senti? Eh? La senti? La senti?»

«Ma cosa?»

«È proprio qui... Nel cervello...»

«Parli della segatura?»

«Zitto! Si sta spostando...»

«Bestione idiota» disse Rocco tra i denti. Si ributtò giù e chiuse gli occhi. Steppa non aveva ancora finito.

«Zitto! Zitto! Forse se ne va, forse se ne va.» Sibilava come un serpente e si passava un dito sul cranio pelato, come se stesse seguendo una pulce.

«Ecco, ecco, se ne va, se ne va... Se n'è andata!» La sua faccia cambiò di colpo. Sorrise di gioia, come se gli avessero sfilato un chiodo dal piede.

«La porca se n'è andata... Ora va bene... La porca se n'è andata...» Si sdraiò sui cartoni e cercò a lungo la posizione giusta. Biascicava come se stesse preparando uno sputo gigantesco. A un tratto il suo respiro diventò lento e regolare, sembrava che finalmente si fosse addormentato. Invece no.

«Quand'è che gli apriamo il culo, a quel nazista?»

«Presto.» Si davano la schiena.

«Presto quando?»

«Molto presto.»

«Non vedo l'ora...»

«Bravo, ora fammi dormire.»

«Non vedo l'ora, cazzo.»

Quando la notte non riusciva a dormire, Bobo andava sempre nel solito posto. Una piazzetta quadrata, circondata da antichi palazzi un po' malandati e dalla facciata di pietra di una chiesa medievale, a poche centinaia di metri da piazza del Duomo. Ci si arrivava dal lungofiume, passando per un vicolo così stretto che si doveva stare attenti ai gomiti. Non c'erano lampioni, o forse erano fulminati. Di notte era buio come a occhi chiusi, tranne quando la luna passava là sopra, in quel pezzo di cielo rinchiuso dal bordo dei tetti. Allora scendeva in basso un velo di luce, a dire il vero sufficiente solo per scorgere qualche ombra. Ma Bobo conosceva quel posto a memoria, e anche al buio riusciva a muoversi senza problemi. Sulla facciata della chiesa era appesa una lapide che la sparava grossa: CONSACRATA NELL'ANNO 800 ALLA PRESENZA DI CARLO MAGNO. Il re dei Franchi stava andando a Roma con il suo seguito di paladini, per farsi incoronare imperatore da Leone III. Si era fermato in quella chiesa e aveva vegliato tutta la notte in preghiera. Chissà se era vero.

Bobo in quella piazzetta ne aveva fatte mille, di

veglie. Ma non in preghiera. Si sedeva per terra, con la schiena appoggiata contro il portone serrato della chiesa. Era l'unico posto che sopportava, oltre alla sua baracca. Accendeva una sigaretta dietro l'altra e si metteva a pensare alla Polonia. Rivedeva le file interminabili di pilastri di cemento, tutti uguali, sottili, con la cima ricurva verso l'interno del Campo. Il filo spinato così rado che non sarebbe servito a nulla, se non ci fosse passata dentro l'alta tensione. Avrebbe preferito un muro di cemento altissimo, per non sapere cosa c'era fuori, per non vedere nulla. Invece gli toccava vedere. Oltre il recinto passavano uomini e donne in bicicletta, carri trainati dai buoi, ogni tanto una macchina o un camion. I due mondi erano separati soltanto dalla corrente elettrica. La vita normale di tutti i giorni scorreva là davanti, quasi a portata di mano. Persone libere, o forse soltanto meno prigioniere. Ma almeno potevano dormire in un letto, accanto a qualcuno.

Rivedeva le betulle a primavera, piene di foglie e di vita. Rivedeva le betulle spoglie in inverno, quando le macchie nere disseminate sui tronchi chiari risaltavano sul bianco accecante della neve.

Quella notte Bobo sapeva che non sarebbe riuscito a dormire. Andò fino alla piazzetta di Carlo Magno, e si sedette al solito posto. Alzò il suo unico occhio verso il cielo. Poche stelle. Ma lui era come i gatti, anche al buio riusciva a distinguere le cose. L'aveva imparato al Campo, su in Polonia. Si grattò la cicatrice che gli attraversava il collo. Ghiandole asportate nel dicembre del '43, per importanti motivi scientifici.

Un'alba gelida di quarantacinque anni fa, un uomo con il camice bianco indica l'ebreo numero 201157. Un SS strappa l'ebreo dalla mandria umana. Tocca a me, pensa Bobo. Sto per morire. Il soldato lo trascina per un braccio senza dire una parola. Il soldato ha gli occhi nascosti dall'elmetto. Il soldato ha gli stivali. Bobo ha gli zoccoli di legno che affondano nella neve e un paio di calze bucate. Dopo un lungo cammino attraverso il Campo il soldato spinge l'ebreo dentro una baracca. Bobo non ha mai visto quella baracca, ma la conosce bene lo stesso, ne ha sentito parlare. Anzi sussurrare. Dentro il Campo tutti sanno tutto. Nella stanza ci sono tavoli di legno e scaffali pieni di strumenti luccicanti, lame e pinzette allineate in ordine su panni bianchi. L'aria puzza di paura e di sudore. Gli urlano in tedesco di spogliarsi, e Bobo si stupisce di capire così bene quella lingua. L'ha imparata a forza di botte, un po' per volta. Con un solo movimento si denuda, la sua casacca a righe non subirà supplizi, quando lui sarà morto servirà a un altro ebreo. Lo legano sopra uno dei tavoli, mani e piedi, una fascia di cuoio alla vita, una sulla fronte. Lo lasciano solo, la stanza è vuota e silenziosa. Bobo chiude gli occhi e pensa a Dio. Se Dio esiste voglio che mi faccia scoppiare il cuore

adesso. Voglio morire subito, poi si vedrà. Sente il
rumore di una porta che si apre e poi si richiude.
Passi che si avvicinano, si fermano accanto a lui.
Una luce intensa sulle palpebre gli riapre gli occhi.
Sopra di lui un viso imbavagliato, e due pupille
azzurre che lo guardano attentamente. Mai negli
occhi, però. Un cotone imbevuto di un liquido
puzzolente si fa strada tra i peli del suo torace, e
subito dopo arriva il bisturi. Un taglio lento e
profondo, poi le pinze, un vorticare di urla nel
cervello, e sangue, sangue, moltissimo sangue...

Un anno prima aveva visto morire Samuele, il suo
amico Samuele. Per caso erano finiti nello stesso
Block. Sembrava così pieno di vita, Samuele. Anche
quando era diventato pelle e ossa e gli si potevano
contare le costole con lo sguardo, era pieno di vita.
Nei suoi occhi brillava sempre la speranza, non erano
riusciti a demolirlo. Era un bene che ci fosse uno
come lui, su al Campo. Bastava guardarlo e ci si sentiva incoraggiati a vivere. Ma Samuele era morto.
Mentre spalava la terra si era accasciato. Lo avevano
trascinato via come un sacco di pigne secche. Morto
lui, morti tutti. Bobo si era sentito più solo che mai.
Pensava al momento in cui sarebbe toccato a lui, di
morire in quel modo. Infilato dentro un forno a bruciare. Sparito per sempre.
    La sera migliaia di scheletri si trascinavano fino ai
Block e si lasciavano andare sulle brande di legno. Il
puzzo era tremendo, ma ci si abituava in fretta. La

notte era accompagnata da pianti lamentosi, borbottii folli, sussurri rabbiosi per guadagnare un pezzetto in più di giaciglio. Nessuno si azzardava a muoversi dal proprio posto. Era proibito, pena la morte.

Bobo si era reso conto assai presto di essere più resistente di molti altri. Quelli che popolavano il suo Block nel giorno del suo arrivo, erano già quasi tutti morti. Al loro posto ne erano arrivati altri. La baracca era sempre piena. Due per ogni giaciglio. In fondo la notte era il momento più bello. Dopo una giornata di urla tedesche e di percosse, finalmente qualcosa di simile al riposo. Ma non il buio, purtroppo. Ogni sei metri c'era una lampadina eternamente accesa. Allora Bobo chiudeva gli occhi e immaginava di essere da un'altra parte, in un altro tempo. Si rivedeva bambino, a giocare con la palla. Un bambino ignaro del suo destino. Non si ricordava di aver mai dormito, al Campo. Diciannove mesi senza dormire. Chiudeva gli occhi e pensava, aspettando la sirena e le staffilate che lo avrebbero riportato a scavare fosse.

Ma non era solo la luce a tenerlo sveglio. Ogni due ore un SS con il mitra a tracolla passava in mezzo alle brande, per controllare che i topi ebrei fossero al loro posto. Arrivava in fondo alla baracca e tornava indietro, strascicando gli stivali. Quando sentiva il tedesco passare accanto a lui, Bobo socchiudeva appena le ciglia e seguiva l'elmetto che si allontanava. Sotto l'elmetto c'era un uomo, o quello che ne era rimasto. *Anche tu morirai, prima o poi.* Così pensava Bobo, ogni due ore.

Rivedeva le facce ridotte a un teschio che lo fissavano dalle brande, con gli occhi grandi come uova. Alcuni avevano la mandibola in movimento, come pesci appena pescati. Lui aveva imparato presto a riconoscere chi stava per morire, e non sbagliava mai. A volte sfidando la sorte scendeva dalla branda e ne sopprimeva uno, perché smettesse di soffrire. Era facile come schiacciare una formica, bastava stringere la gola con due dita. Mentre uccideva quegli uomini già morti, Bobo li guardava bene in faccia, guardava quegli occhi enormi che dicevano grazie. Ne aveva uccisi più di trenta, ma forse avrebbe potuto fare di più.

Una notte d'estate qualche bomba alleata era caduta sul campo di Birkenau, mandando in frantumi un intero Block e uccidendo molti cadaveri. Gli altri scheletri vestiti a strisce si erano lanciati fuori dalle baracche gridando di gioia. Non erano impazziti, e non era nemmeno la speranza di essere liberati... Quelle bombe erano la prova che i *topi ebrei* non erano spariti nel nulla, che qualcuno sapeva cosa stava succedendo. Perfino una bomba sulla testa andava bene, pur di non essere dimenticati. Anche Bobo aveva sentito nel petto qualcosa che somigliava alla gioia, anche se la parola giusta non l'aveva mai trovata. Era come se qualcuno lo stesse ripescando da un pozzo.

Poi invece non era successo più nulla, come se quelle bombe fossero cadute per caso, e il Campo aveva ripreso il suo ritmo naturale. La cosa più brutta era pensare che il mondo non avrebbe mai saputo nulla. Spariti per sempre nel fumo. Cancellati.

Invece a fine gennaio era arrivata l'Armata Rossa. Avevano invaso la Polonia a braccetto con Hitler, adesso venivano a liberarla dai nazisti, dopo averli respinti nel gelo della steppa. Bobo si ricordava bene quel giorno. La neve era alta e bianchissima, il cielo grigio come un lago. I pochi sopravvissuti ci avevano messo un po' di tempo a capire cosa stava succedendo. Non era facile sentirsi di nuovo liberi. Poco a poco la vita aveva ricominciato a far girare le rotelle, ma nessuno aveva forza sufficiente per esultare. Si guardavano l'uno con l'altro con aria stupita. I russi avevano catturato chissà dove un nazista, un ragazzone biondo con le guance bianche e rosse che sembrava un contadino. Lo avevano spinto in mezzo agli ebrei, e in pochi minuti era stato ridotto a brandelli. Un po' di forza alla fine era venuta fuori, giusto per uccidere.

Bobo buttò via la cicca, e si piegò in avanti per seguire uno scorpione che trottava con la coda ritta. Gli mandò un bacio e lo schiacciò con il tacco.

«Non ti ho fatto soffrire, non ti ho fatto spalare fango...» Quando rialzò la testa, seduta accanto a lui c'era la Bestia. Il viso e il corpo di una donna, ma completamente ricoperti di peli neri e morbidi. Dal suo petto emanava un vapore giallo che puzzava di uovo marcio.

«Che vuoi?» disse Bobo. La Bestia cominciò a strusciarsi.

«Lasciati riscaldare, ebreuccio...» Aveva una voce bellissima. Bobo le dette una gomitata.

«Non starmi addosso.»

«Sei cattivo...»

«E te sei in ritardo.»

«Lo sai bene che il tempo non è il mio forte, a me piace giocare con l'eternità.»

«Non ho voglia di cazzate.»

«Ma che brutte ferite hai, sulla faccia... Che ti è successo?»

«È stato tuo nonno.»

«Ha fatto un gran bel lavoro...»

«Dici sempre le stesse cose.»

«Dai, facciamo pace.» La Bestia cominciò a ondeggiare sul busto, come una donnaccia.

«Sei la solita puttana.»

«Vuoi anche stanotte il mio soffio, ebreuccio?»

«Sì.»

«Finalmente...» La Bestia si alzò di scatto e gli si mise davanti. Allungò una mano piena di unghie, e gli sfiorò una guancia.

«Devi dire: *Lo voglio.*»

«Sì...»

«Vuoi che ti soffi nella bocca? Devi dire: *Lo voglio.*»

«Lo voglio.»

«Vuoi che il mio sangue sia il tuo sangue?»

«Lo voglio.»

«Bene... bene... bene...» La voce della Bestia era diventata più aspra. Le sue cosce vibravano di tensione. Bobo era calmo, aspettava. La Bestia gli afferrò una mano e se la mise tra le gambe.

«Vuoi che il mio fiato sia con te per l'eternità?»

«Sì, lo voglio.»

«Lo vuoi davvero?»

«Lo voglio» ripeté Bobo, impassibile. La Bestia avvicinò la testa al suo viso, e gli soffiò nella bocca. Un alito che sapeva di fango.

«Bell'ebreo, vuoi che facciamo l'amore?»

«Facciamolo.»

«Bell'ebreo, tu vuoi quello che io voglio...»

«Sì.»

«Meriti un regalo. Dimmi cosa vuoi.»

«Posso chiedere qualunque cosa?»

«Qualunque cosa.»

«Voglio che il mio odio non finisca.»

«Tutto qui?» Gli passò la lingua sul viso.

«Facciamo presto.»

«Sì...» La Bestia gli azzannò la bocca, gli infilò la lingua tra i denti. Si lasciò andare lentamente sopra di lui e cominciò a dimenarsi...

Bobo la lasciava fare... Era lontano, era in Polonia... Rivedeva una scena... Una mattina come tante... L'ebreo numero 343416 non era riuscito a passare la Selezione. Mentre lo portavano al gas si era voltato a guardare quelli che restavano. I suoi occhi erano colmi di invidia o di pietà? Bobo non era mai riuscito a capirlo...

La Bestia emise un lungo gemito, inarcando la schiena. Dopo un ultimo e lento colpo di reni si sgonfiò con un sospiro. Rimase immobile per qualche secondo, poi scavalcò l'ebreo e se ne andò via scomparendo nel buio. Bobo accese una sigaretta, e soffiò il fumo contro il cielo. *Non è colpa mia... Non è colpa mia... Non è colpa mia...* Non poteva dimenticare quelle parole. Un ebreo del suo Block non faceva che sussurrarle di continuo ogni notte, con gli occhi sbarrati e le mani rattrappite sul petto... *Non è colpa mia... Non è colpa mia... Non è colpa mia... Non è colpa mia...* Non la finiva più, non la finiva più. Un bisbiglio che entrava nel cervello. Forse Bobo lo aveva ucciso per questo, non per pietà. Gli aveva serrato la gola con tutte e due le mani, l'aveva visto morire guardandolo fisso negli occhi. Era tornato alla sua branda e si era sdraiato. Ma per il resto della notte aveva continuato a sentire quel sussurro... *Non è colpa mia... Non è colpa mia... Non è colpa mia...*

Le quattro di notte. L'albergo era silenzioso. La finestra del bagno si affacciava su un vicolo buio. Sopra la distesa dei tetti spuntavano cupole e campanili, torri antiche di pietra scura. Il professor Rodolfo Stonzi stava fumando una sigaretta, con i gomiti appoggiati al davanzale. Il vento freddo gli gelava la faccia. Non riusciva a dormire. Era in ansia, e non capiva come mai. A un tratto si sporse in avanti e guardò in basso... Per un attimo gli era sembrato di vedere un'ombra muoversi nel vicolo, come un animale mostruoso ritto sulle gambe di dietro. Ma adesso non c'era più. Era una notte strana. Non si sentiva per niente tranquillo, come se qualcuno gli bisbigliasse minacce nelle orecchie.

Marianna alloggiava in un'altra stanza, per evitare inutili chiacchiere. Quasi certamente stava dormendo da un pezzo. Lui no, non poteva dormire. Sentiva una specie di leggero ronzio dentro la testa. Si vestì e scese nell'atrio dell'albergo, per bere qualcosa di forte. Si mise a chiacchierare con il portiere di notte, comodamente allungato su un divano con la bottiglia di whisky sul tavolino. Al terzo bicchiere cominciò a girargli la testa. Finì col mettersi a parlare di genetica, a spiegare come si feconda un ovulo in vitro, a fare esempi... Il portiere non ci capiva niente in quelle faccende, e soprattutto gliene fregava meno che di una merda di cane. Non vedeva l'ora di rimettersi a leggere la *Gazzetta*. Per rispetto al cliente fingeva di ascoltare e ogni tanto annuiva, ma i suoi occhi stavano diventando sempre più cattivi. Quel signore che sbrodolava stronzate lo annoiava a morte.

Il professor Stonzi si sentiva solo, molto solo. Schiacciò la cicca nel posacenere e finalmente si alzò, barcollando. Il portiere lo salutò con molta cortesia, felice che se ne andasse. Il professore tornò in camera strascicando i piedi, con la bocca impastata. Si spogliò e si mise a letto. Si addormentò quasi subito, abbracciato al cuscino.

Bobo arrivò la mattina presto, con un giornale sotto il braccio. Sorrideva appena, e la sua faccia sembrava più deforme del solito. Si accovacciò e aprì il giornale sul cemento.

«Rocco, guarda qua.» Anche Steppa si affacciò per vedere. In cima alla pagina c'era una fotografia del nazista Rudolf Sthönz all'aeroporto, accolto da qualche politico locale e da alti prelati della Curia. Accanto al professore c'era una donna alta con i capelli neri, che si guardava intorno smarrita. Bobo la indicò con il dito.

«Cominciamo da lei» disse piano. Si alzò in piedi accartocciando il giornale, e a passo lento andò a buttarlo nel fiume. Si fermò a guardare un grosso tronco d'albero che passava caracollando dolcemente sull'acqua fangosa. Nel cielo sopra la sua testa un paio di gabbiani stavano in equilibrio nel vento, senza muovere le ali.

Tornò dagli altri e si sedette per terra, schiena al muro. Rocco non aveva voglia di parlare, guardava nel vuoto e faceva lunghi respiri. Steppa sembrava nervoso. Fissava l'ebreo.

«Ehi Bobo, perché l'hai buttato?»

«Che vuoi?»

«Il giornale... Perché l'hai buttato?» Sembrava molto dispiaciuto. Bobo alzò le spalle, senza rispondere. Steppa allora gli andò davanti camminando a quattro zampe.

«Bobo...»

«Lasciami in pace.»

«Perché l'hai buttato?»

«Non serviva più.»

«Hai visto se parlavano di una ragazza ammazzata? Una bionda?» Sulle labbra gli sbocciò un sorriso. Bobo lo ignorava, e Steppa smise di sorridere.

«C'era o no, questa bionda?»

«Zitto...»

«Perché zitto?» fece Steppa, con una ruga sulla fronte. L'ebreo lo lasciò perdere e si voltò verso Rocco.

«Quel professore, il nazista... Ha qualche segno particolare?»

«In che senso?»

«Cicatrici, macchie sulla pelle, qualsiasi cosa...» L'occhio di Bobo scintillava di astuzia. Rocco ci pensò per qualche secondo, poi annuì. Bobo staccò la schiena dal muro.

«Dimmi cosa.»

«C'era la bionda o no?» chiese di nuovo Steppa.

«Zitto... Dimmi cosa» ripeté Bobo, guardando Rocco.

«Due nei.»

«Dove?»

118

«Sotto il braccio destro, proprio qui. Due nei vicini, grandi come lenticchie.»

«Sicuro?»

«Al liceo dopo la ginnastica facevamo la doccia tutti insieme. Lo prendevamo in giro, gli dicevamo che era il segno del diavolo e lui s'incazzava.»

«Bene...»

«A che ti serve?»

«Facevi la doccia con un nazista?» disse Steppa, stupito come un bambino. L'ebreo lo fulminò con l'occhio.

«A che ti serve?» ripeté Rocco.

«Nulla, ora vi dico come si fa... Fammi accendere...»

Il rumore del traffico stava aumentando, l'aria puzzava sempre di più. Si sentivano appena le voci della gente che camminava sopra il ponte e lungo il fiume. Sull'acqua stava passando una canoa, sembrava un giocattolo tirato da un filo. L'ebreo parlava con calma, soffiando il fumo dal naso deturpato. Steppa stava attentissimo e annuiva, seguendo le spiegazioni con la bocca mezza aperta.

Bobo si raccomandò che tutto venisse eseguito alla lettera. Uno sbaglio poteva mandare tutto all'aria, e invece quel nazista meritava un trattamento coi fiocchi. Si dovevano fare le cose per bene. Tirò fuori un pennarello blu, e parlò di certi vestiti a righe che era riuscito a procurarsi... E intanto vedeva davanti a sé una distesa di neve, il filo spinato che si perdeva nella nebbia...

Marianna uscì dall'albergo verso le dieci, per fare due passi da sola. Voleva comprarsi un cappello, o un paio di scarpe, voleva distrarsi. Aveva lasciato il professore che urlava dentro un telefono, e se n'era andata senza avvertire. Si sentiva triste e cercava di reagire, di sorridere. Guardava le vetrine eleganti dei negozi, ma non le piaceva niente. Pensava al professore famoso che l'aveva conquistata con la purezza e la bellezza delle sue idee. Poi la purezza si era trasformata in passione, e le belle idee erano diventate meno belle, anche se più definite. Lentamente il professore si era rivelato diverso, più duro. A volte sembrava addirittura cinico, opportunista, invidioso. Era assalito anche da furibondi momenti di isterismo, in cui gridava e rompeva le cose. Mai per gelosia, sempre per faccende di lavoro. Dopo le sfuriate si faceva perdonare con un regalino. Nulla di strano, in fondo. Un uomo come molti, pieno di difetti e troppo orgoglioso per riconoscerli.

Marianna guardava distrattamente le vetrine, pensando che in fondo lo amava così com'era. Ma era davvero amore? Molte volte si era domandata se non avesse cercato in lui una specie di padre. Quando facevano l'amore lei non sentiva alcun piacere, ma a dire il vero non aveva mai sentito piacere con nessuno. Forse era così che doveva essere. Forse le donne godevano solo a parole, per essere moderne. Alcune sue amiche parlavano di orgasmi celestiali, descrivendoli nei minimi dettagli con occhi felici e l'aria ammiccante, ma forse mentivano, forse l'avevano letto su qualche bugiarda rivista femminile. Marianna lasciava che il professore si prendesse quello che voleva, solo per fargli piacere. E dopo poteva stare un po' rannicchiata contro la sua schiena, mentre lui dormiva. Erano i momenti più belli. Ecco, forse l'amore era questo? Mentre si stringeva a lui, tutto andava bene...

Si sentiva stanca, molto stanca. Aveva la sensazione di perdere l'equilibrio, e doveva stare attenta a non sbattere contro i turisti che affollavano le strade. Le vetrine erano mondi irreali, senza nessun senso. Avrebbe voluto non pensare a nulla, ma non riusciva a liberare la mente. Amava o no il grande professore? Perché si era innamorata di quell'uomo? Cos'era che...

Si bloccò di fronte a un barbone che le era apparso davanti all'improvviso. Perché la fissava in quel modo? L'uomo era in piedi di fronte a lei. Aveva gli occhi arrossati, intrisi di dolore e di odio, la faccia sporca. Allungò una mano umida di povertà e le afferrò un polso.

«Rudolf Sthönz... Rudolf Sthönz...» sussurrava tra i denti. Dalla sua bocca uscivano schizzi di saliva, e sul polso spiccava un tatuaggio grossolano, un numero blu. Marianna era paralizzata dallo stupore, sentiva che stava per succedere qualcosa...

«Non posso dimenticare... Non posso...» Rocco le stringeva il braccio, ma lei non sarebbe scappata comunque. Non ci riusciva, aveva le gambe pietrificate. La gente si voltava distrattamente a guardare quella strana scena, poi tirava diritto.

«Rudolf Sthöööönz...» disse Rocco con un guaito sommesso, e scoppiò a piangere. Le sue labbra tremavano, mentre grosse lacrime gli colavano sul viso. Piangeva orribilmente, ma dentro di sé rideva. L'avventura era cominciata. Stava facendo la sua parte nel piano ideato da Bobo. Quella povera donna non c'entrava nulla, ma per sua disgrazia si trovava lungo la strada che portava al professore e... Amen. Ora arrivava il momento più bello. Smise di piangere e fissò la ragazza.

«Non posso dimenticare... Lei non sa... Lei non sa nulla... Lei non può nemmeno immaginare, signorina Marianna...» Dopo queste parole se ne andò in fretta, mescolandosi tra la folla. Marianna si appoggiò al muro, bianca come uno straccio. Come faceva quell'uomo a conoscere il suo nome? Si fermò un ragazzo straniero per chiedere se stava bene. Accorse altra gente, donne gentili e uomini pronti a tutto. Un tipo che dichiarò di essere un medico la invitò a sedersi al tavolino di un bar, e per accompagnarla le avvolse la vita con il braccio.

«Si appoggi a me.»

«Mi lasci... Sto bene...» Marianna si liberò dal tentacolo e si buttò in mezzo alla folla, incespicando di continuo. Aveva il respiro corto, non riusciva a dimenticare gli occhi di quel barbone... L'aveva chiamata Marianna... E come mai il nome tedesco che aveva pronunciato era così simile a quello del professore? E quel tatuaggio sul polso? Cosa stava succedendo?

Finalmente svoltò in un vicolo non troppo affollato, e cercò invano di calmarsi. Quando si specchiava nelle vetrine quasi non si riconosceva. Aveva ancora il cuore in gola. Barcollava sulle gambe come se camminasse sui sassi, frenando il pianto. All'improvviso le apparve davanti la locandina di un quotidiano, una scritta a grandi caratteri:

GIOVANE DONNA UCCISA

E sotto, più piccolo...

La quarta in tredici mesi
Nessuna traccia del mostro

La luce del sole era abbagliante. Il giornalaio era invisibile nella sua nicchia oscura, si vedevano solo le sue mani che tendevano i giornali e prendevano i soldi. La gente entrava e usciva dai bar, dai negozi, dai portoni... Quel ballare continuo di colori contro le pietre cupe dei palazzi la stordiva, e per non vederlo più

123

guardò in alto. Racchiuso tra il bordo dei tetti si stagliava un corridoio di cielo. Un cielo troppo azzurro.

Dall'angolo di una strada sbucò un'ambulanza urlante, s'infilò in una traversa e la sirena si allontanò fino a svanire nel nulla, lasciando sospeso in aria un senso di precarietà...

Sbucò sulla piazzetta deserta dell'albergo a mezzogiorno, dopo aver vagato senza meta evitando di incrociare lo sguardo dei passanti. Si sforzava di apparire calma, ma era oppressa dall'angoscia. Continuava ad avere il presentimento che stesse per succedere qualcosa. Qualcosa di molto brutto. Ogni tanto, fin da bambina, era riuscita a percepire l'avvicinarsi di una catastrofe...

A pochi passi dall'albergo un uomo massiccio e pelato le sbarrò la strada, con la mano tesa. Chiedeva l'elemosina senza nessuna umiltà, anzi sorridendo con aria strafottente, e Marianna sussultò quando si accorse che anche lui aveva sul polso un tatuaggio blu, un numero a sei cifre. Spaventata cercò di passare oltre, ma il pelato l'afferrò per un braccio.

«Mille lire... Solo mille lire... Voglio bere un po' di vino...» Rideva in un modo che metteva paura, e aveva il fiato puzzolente come una fogna. Marianna era terrorizzata, cercava di non farlo arrabbiare. A un tratto Steppa smise di ridere, e cercò di imitare la faccia di un bambino deluso.

«Solo mille lire... Cristo delle Madonne... Mille

sudicie lire per un po' di vino...» Le stringeva il braccio e la guardava con aria imbronciata. Marianna riuscì a svincolarsi e s'infilò quasi correndo nell'atrio dell'albergo, inseguita dalle paroline del gigante...

Finalmente salva. Il cuore le batteva nelle orecchie, non vedeva l'ora di chiudersi in camera. Stava per prendere l'ascensore, ma il direttore dell'albergo le andò incontro con aria imbarazzata. Era un ometto basso, quasi calvo. Lo scambiavano spesso per un impiegato qualunque, e lui ci rimaneva assai male. Ci teneva a far sapere chi era.

«Mi scusi, signorina. Sono il direttore dell'albergo...» Parlava a voce molto bassa, con aria grave.

«Prego...»

«Ecco... Una mezz'ora fa si è presentato un... Ehm... Un signore... Chiedendo di poter parlare con lei.»

«Quale signore?»

«L'ho fatto accomodare in... Non ritenevo che nel suo stato... Come dire... Non è un signore troppo elegante...»

«Che significa?»

«Ha un aspetto... Come dire... Insomma... Ha il viso sfigurato...»

«Sfigurato?»

«Cicatrici... Molte cicatrici... Ma non solo... È difficile da spiegare... Fa una certa impressione, devo dire... Ma lo vedrà con i suoi occhi... Sempre che sia d'accordo, ovviamente...» Fissava la signorina Marianna per capire come era più conveniente comportarsi, con la crescente preoccupazione di sbagliare qualcosa. Non voleva fare brutte figure, soprattutto con il famoso professore che aveva l'onore di ospitare nell'albergo.

«Dov'è?» chiese lei.

«Allora vuole vederlo?»

«Non ha detto il suo nome?»

«Non ha voluto... In un primo momento, lo confesso, ho quasi pensato di chiamare la polizia... O comunque di farlo allontanare... Ma poi... Nonostante tutto... Come dire... È stato molto educato, questo devo ammetterlo... Ha detto che deve parlarle di una cosa della massima importanza...»

«Conosceva il mio nome?»

«Certamente, è anche per quello che io...»

«Dov'è?» chiese di nuovo Marianna, impaziente.

«L'ho fatto accomodare nel magazzino... Spero di aver fatto bene... Non sapevo cosa fare... Vede... Non ha nemmeno le scarpe, capisce... I piedi nudi...»

«Voglio vederlo.»

«Ho cercato di fare del mio meglio, mi creda... In certe situazioni... Non è facile capire se...»

«Mi porti da lui» tagliò corto Marianna.

«Prego, faccio strada.» S'incamminarono lungo il corridoio, in silenzio. Marianna aveva paura, ma non voleva tirarsi indietro.

«Chi può essere?» le sfuggì. Il direttore le lanciò un'occhiata ansiosa e ne approfittò per riprendere il discorso.

«Le assicuro che quando me lo sono trovato davanti... Prima d'ora non mi era mai successa una cosa del genere... E dire che di persone strane ne ho viste... Ma questo signore... Assai educato, come le dicevo...»

«Sì, certo... Ho capito...» lo interruppe lei. Non ne poteva più di quelle lungagnate. Avanzava a fianco del direttore, cercando di capire chi fosse l'uomo che voleva vederla. Il direttore camminava in fretta, come se volesse togliersi il dente il prima possibile. Si voltava spesso verso Marianna per bisbigliarle mezze frasi all'orecchio, con aria colpevole, ma lei non lo ascoltava più. Oltrepassarono una porta, che il direttore richiuse immediatamente, e imboccarono un altro corridoio. Si sentiva solo il rumore dei loro passi. Si fermarono davanti a una porta. Appesa al muro una piastra di ottone: MAGAZZINO. La porta aveva la parte superiore a vetri, e il direttore invitò Marianna a spiare.

«È laggiù.» Lo disse piano piano. Lei si affacciò, inquieta. In fondo allo stanzone pieno di scaffali ricolmi di scatole e scatolette c'era un uomo di spalle, immobile davanti a una finestra. Aveva addosso un vestito a righe bianche e azzurre, e guardava fuori con le braccia abbandonate lungo i fianchi. Il direttore si avvicinò a lei, quasi a strusciarle la spalla.

«Lo conosce?»

«Mi sembra di no.»

«Se vuole che chiami la polizia...»

«Non importa.» Marianna mise la mano sulla maniglia.

«Vuole che l'accompagni?»

«No, la prego. Mi lasci sola.»

«Come desidera...»

«La ringrazio» disse lei, nella speranza di vederlo andare via. Entrò nel magazzino senza fare rumore, richiuse la porta e si fermò. Si voltò indietro, e quando si accorse che il direttore la spiava dal vetro lo spedì via con un gesto. Si assicurò che se ne fosse andato, poi si diresse con titubanza verso lo sconosciuto. L'uomo non si era mosso. Era vero, non aveva le scarpe. Faceva uno strano effetto un uomo senza scarpe, con i piedi nudi sul pavimento di marmo. Avanzò ancora di qualche passo, e si fermò a pochi metri dalla schiena dello sconosciuto.

«Mi stava aspettando?» Le era tremata un po' la voce, e capì di essere più agitata di quanto credesse. Bobo si voltò lentamente... e Marianna si coprì la bocca con una mano. Non aveva mai visto una faccia ridotta in quel modo. Non era nemmeno più una faccia. Un solo occhio si muoveva in mezzo a cicatrici viola che pulsavano come vene. Bobo sorrise, e l'effetto non fu piacevole.

«Lei è molto bella» disse, con una voce calda che sembrava impossibile potesse uscire da un mostro del genere. Marianna sussultò, vedendo che anche lui aveva un numero blu tatuato sul polso. Il terzo nella stessa mattina...

«Cosa volete da me?» Le era venuto spontaneo il plurale, anche se aveva davanti una persona sola. Bobo non diceva nulla, e la fissava con aria dolce. Marianna si sentiva smarrita, avrebbe voluto andarsene, ma ormai voleva sapere.

« Cosa volete... Cosa vuole da me? » disse di nuovo.

« Rudolf Sthönz... » sussurrò Bobo, con un sorriso triste che fece muovere appena le cicatrici.

« Che significa? Perché continuate a ripetermi questo nome? »

« Rudolf... Sthönz... Non le fa venire in mente niente? »

« No... Chi è? Io non lo conosco. » Sapeva di mentire. Aveva già pensato che quel nome tedesco ricordava molto da vicino quello del... No, era assurdo... Cosa andava a pensare? Non poteva essere che...

Bobo si puntò un dito contro la fronte accartocciata.

« Avevo un muscolo qui, molti anni fa. Tutti ce l'hanno. Anche lei, altrimenti non sarebbe così bella. »

« Cosa... le è successo? »

« Parla del muscolo che avevo qui? Dev'essere finito nella ciotola di un cane. Il professor Rudolf Sthönz aveva un dobermann grande come un cavallo. Si chiamava Reich. » Continuava a parlare con calma, come se avesse a disposizione tutto il tempo che voleva.

« Non capisco... » mormorò Marianna.

« Un ottimo chirurgo, il professor Sthönz. A quell'epoca era giovanissimo. Aveva una mano eccezionale, però non amava l'anestesia. Operava con il cotone nelle orecchie, per non sentire le urla delle sue cavie... Capisce cosa dico, Marianna? »

« Ma insomma come fate a... a sapere il mio nome?» Era sempre più spaventata, ma ancora non voleva andarsene. Doveva capire. Bobo la fissava. Dentro il suo occhio si vedeva bruciare l'inferno.

«Il cane, Reich, dev'essere morto da un pezzo... Ma Sthönz è ancora vivo.» Da chissà dove tirò fuori un ritaglio di giornale, e lo alzò in aria per mostrarlo a Marianna.

«Finalmente l'ho ritrovato.» Nella foto si vedeva il professor Rodolfo Stonzi, sorridente. Marianna scattò in avanti e gliela strappò di mano.

«Ma cosa sta dicendo?» disse, affannata.

«Erano mille anni che aspettavo questo momento, Marianna...»

«Lei è un pazzo! Non sa quello che dice!» disse lei, brusca. Si sentiva sprofondare e cercava di reagire. Continuava a dire frasi inutili, solo per farsi coraggio, e si accorse con vergogna che le stavano uscendo le lacrime. Bobo lasciò che si sfogasse, che si asciugasse gli occhi con le dita. Poi parlò.

«Forse ha ragione, Marianna. L'uomo che lei conosce non è lo stesso di allora... Non potrebbe essere lo stesso, è passato troppo tempo... Ma quando lei non era ancora nata... al campo di Birkenau...»

«No! Non è vero! Non è vero! Lei si sbaglia!» Sentiva che non sarebbe riuscita a trattenere i singhiozzi, e cercava di rimandare il momento.

«La prego di ascoltarmi.»

«No... No...»

«Lei non ha nessuna colpa, Marianna... Non poteva sapere...»

«Non è lui... Non può essere lui...» Si coprì il viso con le mani... Il suo bel viso liscio e morbido, accarezzato dalle creme.

«Chi ama è l'ultimo a vedere la verità» disse Bobo, con un tono pietoso che ferì Marianna.

«No... No... Non è lui... Non è possibile...»

«La prego, Marianna, mi ascolti ancora per un minuto. Una mattina Rudolf Sthönz mi ordinò di lavarlo. Si spogliò e si accomodò nella vasca. Ricordo di aver pensato che potevo strangolarlo, anche se non avevo nemmeno la forza di uccidere una formica. Uccidere non mi spaventava, avevo già ammazzato molti dei miei compagni di sventura. Li avevo uccisi per compassione, o forse per non sentire più i loro bisbigli durante la notte. Ma in fondo non era uccidere... Non erano mica uomini...»

«La prego...»

«Ha ragione, ho divagato. Mi perdoni. Stavo dicendo della mattina in cui Rudolf Sthönz mi ordinò di lavarlo. Mi porse lui stesso il sapone. Una marca francese. L'odore di quel sapone non l'ho mai dimenticato. Sapeva di fiori e di grano maturo. Lo lavai dappertutto, lentamente. Speravo di non finire mai, per non tornare ancora una volta sul tavolo operatorio...»

«Lei si sbaglia... Vi sbagliate tutti... Non è lui...» mormorò Marianna, lasciando andare le lacrime. Bobo aveva l'aria affranta, come se farla soffrire lo angosciasse.

«Doktor Sthönz aveva due nei, uno accanto all'altro, grandi come lenticchie... In questo punto.» Si toccò il fianco destro. Per non cadere, Marianna si lasciò andare in ginocchio.

«Non è vero... Non è vero...» ripeteva Marianna, tirando su con il naso. Bobo raccolse da uno scaffale il suo cappotto logoro.

«Mi dispiace» disse. Le passò accanto e se ne andò, lasciandola per terra a singhiozzare.

«Mi vuoi dire dove sei stata? È un'ora che ti cerco!»
Il professore era infuriato, e parlava tra i denti.

«Scusa...»

«Siamo invitati a una colazione importante, non te
lo ricordavi?»

«Certo... Il ministro...»

«Macché ministro, siamo dal cardinale... Mi dici
che ti succede?»

«Niente...»

«Hai una faccia... Non avrai mica le tue cose?»

«No, sto bene.»

«Mi raccomando, Marianna... Non farmi fare figu-
racce...»

«Non ti preoccupare.»

«Ti ricordi almeno che stasera siamo a cena con il
sindaco e il presidente della Regione?»

«Certo...»

«Ma cos'è quel muso lungo?»

«Nulla... Va tutto bene...»

«Era meglio se ti lasciavo in America.» Il professore si avviò fuori dalla stanza a grandi passi, e lei gli
andò dietro con la testa che le girava.

La macchina li stava aspettando da un pezzo davanti all'albergo. Una Mercedes nera. L'autista li fece accomodare, chiuse le portiere e si sedette alla guida. Marianna osservava il suo collo bianco e sottile, leggermente peloso al centro, sotto la nuca. La macchina partì, silenziosa. Oltre i vetri scuri si vedevano marciapiedi abbagliati di sole, macchine che passavano silenziose, figure umane che camminavano nella luce. Marianna si sentiva vuota. Nemmeno quel ragazzo inginocchiato davanti alla chiesa con un cartello al collo, HO FAME... Nemmeno lui poteva avere dentro lo stesso vuoto che lei sentiva in quel momento.

La mano distratta di Stonzi passò lungo la sua gamba, e si fermò sul ginocchio. Ma il professore era lontano. Si stava preparando mentalmente all'incontro con il cardinale... *Questi preti sono sempre una rogna... Suscettibili come bambini... E non vogliono capire che la Scienza non ha nulla a che vedere con i limiti morali...*

Marianna si abbandonò contro lo schienale e chiuse gli occhi, lasciando che la testa oscillasse al ritmo delle curve. Cercava di attaccarsi al passato, ma il passato non era più lo stesso. Sembrava che un colpo di vento avesse confuso ogni cosa. Avrebbe voluto rivedere quel mostro senza un occhio. Infilare le dita nelle sue piaghe, come Tommaso. Avrebbe voluto non arrivare mai dal cardinale, non arrivare mai da nessuna parte. Sarebbe stato bello andare avanti così, senza mai fermarsi, con un autista che guida all'infinito. Non dover mai scendere da quella macchina, non dover salutare, mangiare, sorridere... Poteva farla finita con tutte quelle cose, bastava aprire la portiera al primo semaforo rosso e scendere, andarsene per sempre, ignorando la faccia irritata e gli strilli del professore. Andare via e non tornare. Svegliarsi in un altro posto, sdraiata in un prato a guardare il cielo... Accanto a un uomo che le baciava il viso, che le diceva parole dolci e appassionate... Come nei romanzi... Parole anche false, non importava... Pur di sognare qualcosa di bello...

La macchina si fermò. Erano arrivati. L'autista scese ad aprire le portiere. Un prete distinto li accompagnò dentro il palazzo della Curia, conversando cortesemente. Li introdusse in una sala silenziosa, affrescata con la vita di san Francesco... Il santo che aveva scelto di vivere nella povertà decorava le sale sontuose della Curia.

Arrivò il cardinale, sorridente, seguito da un codazzo di preti neri come pipistrelli. Trattenne la mano di Marianna tra le sue, e le disse qualcosa che lei non ascoltò. Si avviarono tutti verso la sala da pranzo. Il cardinale e il professore camminavano affiancati, parlottando di niente. La comitiva si sedette intorno a un tavolo apparecchiato con estrema raffinatezza, e apparvero i camerieri.

Una delicata danza di zuppe, arrosti e sorrisi. Un'atmosfera rilassata. Domande buttate lì con aria leggera, solo per conversare. Ma poco a poco il cerchio cominciò a stringersi, com'era ovvio. Il cardinale voleva sapere da che parte stava la Scienza... Sì o no alla fecondazione artificiale? E l'incubatrice umana? E come la mettiamo con gli ovuli concepiti in vitro?

«Si dice *fecondati*, Eminenza...»

«Il concetto non cambia, professore» disse il cardinale con un sorriso freddo. Solo Dio poteva creare la vita... Anche su questo la Scienza aveva il coraggio di dire la sua? Fior di filosofi, in passato...

Marianna arrossì e abbassò gli occhi. Il professor Stonzi sorrise, con aria tranquilla. Disse che la Scienza rispettava la Chiesa, e dunque la Chiesa doveva fare altrettanto. Il cardinale fece un cenno al cameriere per avere un altro mezzo piccione.

«La sento un po' sulle difensive, professore.»

«Le assicuro di no...»

«Lei sa bene che la Chiesa non approverà mai che l'uomo interferisca con i disegni di Nostro Signore.» Sembrava vagamente aggressivo.

«In un certo senso, Eminenza, anche la Medicina va contro la volontà di Dio.»

«Vi sono ragioni teologiche per affermare che non è assolutamente la stessa cosa.»

«Ma in linea di principio... Dal punto di vista filosofico, appunto...»

«La prego di rispondermi, professore. Voi scienziati pensate di dover porre un limite alle possibilità della manipolazione genetica?»

«Se la Scienza si fosse posta un limite, Eminenza, a quest'ora abiteremmo ancora nelle caverne.»

«Però è necessario stabilire dei confini, non crede?»

«La Scienza non può e non deve avere confini, sarebbe come decretare la sua morte. La storia di Giordano Bruno dovrebbe aver insegnato qualcosa...» La discussione stava diventando aspra, e a parte i due contendenti nessuno fiatava.

«Mi dica, professore... Ha mai letto *Il mondo nuovo* di Huxley?» disse il cardinale. Il professor Rodolfo Stonzi aveva letto e riletto *Il mondo nuovo*, lo conosceva come le sue tasche.

«Lo trovo superato.»

«Superato?»

«Oggi si può fare di più... Molto di più...»

«Che cosa, ad esempio?»

«Ne parlerò domattina al convegno, e preferirei non anticipare nulla.»

«Penso proprio che verrò ad ascoltarla.»

«Ne sarei felice... Marianna, ti senti bene?» sussurrò.

«Sì...»

Arrivarono creme e canditi, gelato, caffè, grappe varie. La conversazione ritornò come per magia a toni più piacevoli, e anche gli altri commensali si concessero qualche parola. Marianna cercava solo di sorridere, ma si sentiva morire. Il cardinale raccontò che in India aveva mangiato il serpente, e in Cina il cane. Ci fu qualche battuta innocua, che strappò sorrisi forzati. L'ipocrisia regnava sovrana. La verità era nelle occhiate di biasimo, che nessuno avrebbe mai confessato.

Arrivarono i sigari e si parlò di politica, di economia, di guerre. Di quanto era iniquo il mondo e di come si dovesse cercare di migliorarlo, anche se ognuno aveva il suo modo di vedere le cose... E con Cuba? Che si deve fare con Cuba?

Marianna lanciava occhiate al professore. Cercava di capire chi fosse quell'uomo, di scoprire se nei suoi occhi avesse brillato la luce del nazismo. Era proprio lui Rudolf Sthönz, il chirurgo di Birkenau che operava senza anestesia?

Si alzò per andare alla toilette, scusandosi con discrezione. In bagno vomitò quel poco che aveva mangiato, cercando di fare meno rumore possibile. Quando tornò nella sala aveva solo gli occhi un po' arrossati, e un sapore amaro che le bruciava nella gola. Ma ugualmente sorrise, restò buona nel suo angolo fino alla fine del pranzo, senza disturbare i due contendenti che avevano ripreso a combattersi con amara gentilezza.

La notte i topi uscivano dai tombini e saltellavano nelle strade in cerca di cibo, e qualcuno di loro restava ucciso. La carcassa di un ratto schiacciato da una macchina era rimasta a seccare sulla strada per diversi giorni, senza che nessuno si fosse degnato di toglierla. Altre macchine ci erano passate sopra, e ormai non restava altro che un'ombra disegnata sull'asfalto. Presto si sarebbe dissolta, come se non fosse mai esistita. Poco distante, Bobo fumava una sigaretta con la schiena appoggiata alla porta della chiesa, nella *sua* piazzetta immersa nel buio. Si era tolto le scarpe, per sentirsi più libero. Guardava in alto, seguendo il fumo che saliva lento verso il cielo. Quel fumo gli ricordava Birkenau. Qualsiasi cosa gli ricordava Birkenau.

La luna quasi piena sbucò dall'orlo dei tetti, magica come sempre. Era la stessa luna che Bobo vedeva in Polonia, alta nel cielo freddo. Quattordici giorni per diventare tonda e immensa, altri quattordici per scomparire. La stessa luna di allora, lo stesso occhio puntato sulla terra. Com'era possibile che non si fosse mai sgretolata, osservando dall'alto l'orrore del mondo? Eppure non si era nemmeno un po' consumata.

Aveva visto tutto, dall'inizio del Tempo. Ma era sempre la stessa luna.

Bobo gettò via la cicca, e rimase a guardare la luna che avanzava lentamente in mezzo a miliardi di stelle sbiadite. A un tratto, lungo il muro opposto due grossi topi cominciarono ad azzannarsi, facendo versi schifosi. Bobo prese una scarpa e la lanciò verso i due avversari, mancandoli per poco. I topi si fermarono un secondo, guardandosi in giro, poi ricominciarono a scannarsi.

«Ammazzatevi pure» bisbigliò Bobo. Lasciò perdere i topi e accese un'altra sigaretta. Era dalla mattina che gli girava in testa una melodia. Una specie di lagna, come quelle che nascono dal dolore. Chiuse gli occhi e si lasciò andare ai ricordi...

Molti anni prima si era fidanzato con Rebecca, una bella ragazza con i capelli neri e le gambe lunghe. Era stato molto geloso di lei. Ma appena era arrivato al Campo, la gelosia era svanita come neve al sole. Dopo un mese non si ricordava più nemmeno che viso avesse, la sua Rebecca, e per la disperazione si dava pugni in testa. Quando era stata l'ultima volta che aveva pianto, si chiedeva. Non si ricordava neanche quello. E nemmeno com'era fatta la casa dov'era nato e cresciuto. La fame aveva oscurato ogni cosa.

Dopo la Polonia il suo sangue era diventato arido. Gli scorreva nelle vene facendo un rumore di sabbia. Non si sentiva più un uomo, non era più un uomo. Era tutto l'odio del mondo. Sarebbe riuscito a piangere ancora una volta? *Sia maledetta la razza umana.* Parlava sottovoce. Era una brutta notte.

A un tratto sentì delle zampine che gli camminavano sulla caviglia, aprì gli occhi e vide un insetto scuro. Mosse il piede, l'insetto cadde giù e si mise a correre. Bobo gli fece sperare la salvezza per qualche secondo, poi lo schiacciò sotto il tallone.

«Ti sei accorto di niente?» Se avesse potuto piangere lo avrebbe fatto adesso, di fronte a quella macchia gialla sulla pietra. La morte non aveva rimedio.

Le sedie rosse della sala conferenze del Palazzo dei Congressi erano tutte occupate, e qualcuno era in piedi. Una magnifica sala, uno spazio moderno con il tetto in vetro e metallo. Scienziati e ricercatori arrivati da tutta Europa, studenti, giornalisti, fotografi, miseri mortali... C'era anche il cardinale, seduto in prima fila insieme al suo codazzo. Una distesa di teste in movimento, un brusio continuo, mille occhiate verso il palco ancora vuoto.

Nell'ultima fila in alto, in mezzo a giacche e maglioni, sotto tre cappotti neri si intravedevano delle casacche di tela a righe bianche e azzurre. A indossarle erano tre uomini dall'aria mostruosa, ognuno per motivi diversi. Intorno a loro era rimasta una chiazza di sedie vuote. La gente si voltava a guardarli. Si davano di gomito, si bisbigliavano all'orecchio. Qualcuno addirittura si alzò per vederli meglio. Un paio di bambini volevano avvicinarsi a quegli strani signori, ma furono trattenuti dai genitori. Nessuno riusciva a capire chi diavolo fossero... Magari solamente tre matti. Succedeva spesso di trovare individui simili nei posti più impensati, non c'era nulla di strano. Poco a poco si dimenticarono di loro...

Un applauso salutò l'ingresso del professor Stonzi, che apriva il convegno. Un lungo applauso che non si esaurì prima di un minuto. Quando tornò il silenzio, il professore fece un lieve inchino e mormorò un saluto nel microfono. In sala frusciavano i bisbigli... Rodolfo Stonzi era uno degli scienziati di biogenetica più discussi degli ultimi anni. Le sue teorie avevano fatto scoppiare polemiche a livello internazionale, nella diatriba erano intervenuti intellettuali di tutto il mondo e addirittura capi religiosi.

Il professore aprì la sua borsa di pelle, ci infilò dentro una mano e pescò un libro. Lo alzò in aria per mostrarlo alla sala.

«Consentitemi di mostrarvi il mio ultimo libro, che uscirà in America tra due settimane. Presto uscirà anche in Europa. Ha un titolo significativo, *L'uomo crea l'uomo*, e per sottotitolo *L'illimitata volontà della Scienza*.»

Ci fu un lungo mormorio in sala, e prima di continuare il professor Stonzi aspettò che fosse tornato il silenzio.

«È un trattato scientifico sulle ontologiche potenzialità della Biogenetica. Alcuni capitoli trattano della possibilità di condizionamento dell'embrione, della progettazione in provetta della struttura fisica e psichica di un futuro individuo, della crescita del feto fuori dall'utero materno... Insomma i primi vagiti di una scienza capace di programmare l'uomo, di crearlo. » Il professor Stonzi appoggiò il volume sul leggio e lanciò uno sguardo circolare alla sala. Riconobbe il cardinale, comodamente seduto in prima fila accanto a insigni scienziati seri e neri come i carabinieri di Pinocchio. Marianna era andata a sedersi più indietro. Fissava il palco, mentre mille pensieri le correvano nella mente.

Il professore stava per entrare nel vivo della sua conferenza. Un sorso d'acqua, un colpo di tosse per preparare la voce. Sarebbe riuscito a svegliare quella massa di dormienti?

« Ma oggi vorrei esporre ai signori presenti il contenuto di un altro capitolo del mio libro, che tratta di un argomento assai importante. Ognuno di voi, anche il meno interessato alla scienza, ha sicuramente sentito pronunciare migliaia di volte una parola: *clonazione*. Ma è ugualmente certo che nessuno di voi immagina quali siano le sue infinite possibilità, le sue rivoluzionarie applicazioni pratiche capaci di cambiare le sorti dell'intera umanità. Si possono sollevare mille questioni etiche sulla clonazione, ma l'uomo non può essere frenato nella sua corsa verso la Conoscenza. *Fatti non foste a viver come bruti*, come scrisse giustamente il Poeta. Ogni scienziato vive un'Odissea, incontra la maga Circe, la dea Calipso, il gigante Polifemo... Ma alla fine uccide i proci e torna accanto alla sua sposa. E soprattutto riprende in mano il suo regno. E cosa significa riprendere in mano il proprio regno, per uno scienziato? Significa sconfiggere gli errori, le paure, superare gli ostacoli. Significa evitare

145

le strade sbagliate, combattere contro i dubbi e i pregiudizi del mondo, lanciarsi con fiducia e coraggio verso le nuove verità che lo attendono...»

Rocco sudava, si mordeva le labbra. Sentire quella voce gli dava la nausea. Era la stessa voce di allora, la stessa voce che aveva detto: *Sali a bere o no?*

«Che aspettiamo, Bobo? Che stiamo aspettando?»

«Ci vuole il momento giusto.»

«E qual è il momento giusto?»

«Stai calmo» disse Bobo, senza muovere un muscolo. Steppa seguiva con molto interesse i discorsi del professore.

«Dunque, come avrete già capito, non vi annoierò con i risultati conosciuti da tutti, come la pecora Dolly o il coniglio fosforescente. Quello che ho da esporvi è ben altro. Dopo molti esperimenti su cavie, le ultime ricerche mi hanno portato a...»

Un fotografo si mise a scattare foto ai tre mostri dell'ultima fila, e la gente si girò di nuovo a sbirciarli. Qualche mormorio, la curiosità si riaccese... Se valeva la pena di fotografarli, un motivo ci doveva essere. Il professore si accorse che la platea era distratta e alzò la voce, un po' seccato.

«Stavo dicendo che al giorno d'oggi il livello scientifico e tecnico della biogenetica ci consente ciò che fino a dieci, a cinque anni fa non era nemmeno pensabile...»

Gli altri fotografi non volevano essere da meno, e si avvicinarono con cautela a Rocco e compagni. Cominciarono a piovere fotografie. Bobo sussurrava di fare finta di nulla. Ormai in sala si mormoravano le cose più strane sui tre figuri vestiti a righe. Ognuno diceva la sua, ognuno vedeva quello che voleva vedere. La platea si stava deconcentrando. Il professore se ne rese conto, e alzò di nuovo la voce.

«Dicevo che l'aspetto più interessante della clonazione è la possibilità di allungare la vita dell'uomo. Infatti si potrebbe, alla nascita di ogni individuo, creare per clonazione un certo numero di suoi gemelli, copie perfette dell'originale, che in caso di necessità verranno utilizzati come... si potrebbe quasi dire, *il magazzino dei ricambi...*» affermò il professore, sorridendo. Si sentirono dei borbottii. Finalmente la sala era di nuovo attenta.

«Naturalmente, lo dico per fugare ogni perplessità morale, i gemelli in questione verrebbero creati senza cervello, vegetali umani incapaci di avere una coscienza. Dunque, nel caso in cui, durante la sua vita, l'individuo *originale* avesse bisogno di sostituire uno dei suoi organi vitali, l'espianto praticato su questi cloni sarebbe assolutamente legittimo, essendo tali cloni creati appositamente allo scopo. Tale pratica, *ça va sans dire*, annullerebbe alla radice ogni pericolo di rigetto, in quanto i cloni sono geneticamente identici all'individuo *originale*, proprio per il fatto di essere stati creati per clonazione da una sua cellula, dunque con lo stesso identico patrimonio genetico...»

Bobo strinse un braccio a Rocco, fino a fargli male.

«Ora...» Dettero una gomitata anche a Steppa, e i tre mostri si alzarono. Uscirono dalla fila, facendo scomodare gli altri spettatori. Pestavano piedi senza chiedere scusa. Puzzavano come maiali.

«Se dunque asportassimo da ogni neonato qualche cellula, e con quelle replicassimo individui perfettamente uguali... A parte il cervello, come dicevo... Noi potremmo senza ombra di dubbio...» Il professore si accorse dei tre relitti che stavano scendendo la scalinata della platea, e si bloccò. Chi diavolo erano? Non si sentiva tranquillo, e istintivamente cercò la polizia con lo sguardo. Ma non vide nessuna divisa. I tre avanzavano in silenzio, seguiti dai fotografi, e si fermarono sotto il palco fissando il professore negli occhi. Si tolsero il cappotto e rimasero con le casacche a strisce.

«Ma che succede? È ridicolo... Qualcuno se ne può occupare?» disse il professore, con un sorriso forzato.

I tre uomini a righe alzarono un braccio, mostrando alla sala il numero tatuato sul polso. Si alzò un brusio di stupore, e qua e là si sentiva mormorare spesso la parola *ebrei*.

A un tratto nella sala calò il silenzio, si sentivano solo le mitragliate delle macchine fotografiche. Per prendere tempo, il professore bevve un sorso d'acqua... Qualcuno si alzò in piedi, e contagiò tutta la sala. Le gente cominciò a uscire dalle file, a scavalcare le sedie, e la folla si radunò intorno ai tre mostri. Accanto al professore apparvero due tipi che si misero a sussurrargli nelle orecchie. Marianna si era rannicchiata sulla sedia, impaurita. Aveva subito riconosciuto i tre uomini che aveva incontrato il giorno prima. Bobo fu il primo a parlare.

«Ti ricordi le betulle in Polonia, Doktor Sthönz?» Un urlo solido e pacato, che fece barcollare il professore.

«Chi sono questi pazzi?» disse dentro il microfono, e la sua voce turbata echeggiò nella sala. La folla si fermò. Rocco si alzò sulla punta dei piedi, ora toccava a lui. Era tentato di dire chi era, di farsi riconoscere, poi pensò che per il professore sarebbe stato un comodo appiglio... Invece non doveva sapere niente, doveva impazzire senza capire niente.

«Ehi, professore...» Si guardarono negli occhi. Eccolo là, il suo più grande *amico*... confuso come un ragazzino di fronte al primo seno nudo. Non avrebbe mai saputo chi era stato a vibrare il colpo, e nemmeno il perché. Non poteva riconoscerlo, non era possibile.

«Ti ricordi di me? Hai dato da mangiare al tuo cane qualche pezzo della mia carne. Te lo ricordi il mio numero, Rudolf Sthönz?» gridò, alzando il braccio ancora più in alto. Il professore era sbalordito, respirava a fatica.

«Qualcuno faccia portare via questi sciagurati, perdio!»

«Dovevi ammazzarmi a Birkenau, Doktor Rudolf Sthönz.»

«La notte riesci a dormire, Doktor Sthönz?»

«Che diavolo stanno dicendo? È inammissibile...»

Finalmente quattro carabinieri si fecero largo tra la folla, e circondarono i tre mostri. Li presero per le braccia e li invitarono a uscire immediatamente dalla sala, con aria minacciosa. La folla si stringeva intorno a loro, urlando di lasciar parlare i tre uomini, e dopo qualche tafferuglio i carabinieri si tirarono indietro. Il capitano si allontanò parlando nella radio. I giornalisti erano eccitati, si misero a gridare domande, ora ai tre disgraziati e ora al professore. Ma i duellanti non li degnavano di uno sguardo.

«Non è tollerabile...» Il professore si tolse gli occhiali appannati di sudore, li pulì in fretta e se li rimise sul naso. Quei maledetti erano ancora là davanti, in mezzo alla folla, e continuavano a fissarlo.

«Parlerò con il Presidente del Consiglio!» Era furioso, ma non si decideva a lasciare il palco. Era come attirato dalla confusione che si agitava di fronte a lui. Voleva capire cosa stava succedendo...

Ora toccava a Steppa. Aveva imparato la frase a memoria, e tirò fuori tutta la voce che aveva.

«Doktor Sthönz, che bello rivederti... Sono passati mille anni... Mi sei mancato...» Gli era venuta bene, e grugnì di gioia. Intorno ai tre *ebrei* c'era una grande confusione. Gente che premeva per avvicinarsi, donne impaurite che lanciavano gridolini, divise che apparivano e scomparivano tra la folla. Il frastuono continuava a salire, e il professore urlava nel microfono.

«Non so chi siano questi individui... Non li ho mai visti... Stanno farneticando...» Non voleva andarsene, sarebbe stata una sconfitta... Doveva restare e difendersi. Marianna si mordeva la lingua per frenare il pianto. Non poteva più sopportare... A un tratto si

150

alzò in piedi come un automa. S'infilò in mezzo alla gente, e a fatica riuscì ad arrivare fino alla scala che portava sul palco. Salì i gradini con le gambe tremanti e si avvicinò al professore, mentre Bobo la seguiva con lo sguardo.

Sotto gli occhi atterriti del professore, Marianna si avvicinò al microfono. Voleva dire qualcosa, e la gente se ne accorse. L'onda umana quasi si fermò. Calò di colpo il silenzio. Marianna riuscì a emettere appena un sussurro.

«Perdonatemi... Io non sapevo... Non sapevo nulla...» Scoppiò in lacrime e corse via, lasciando tutti a bocca aperta. Fu il colpo di grazia. Dopo qualche secondo di sbigottimento generale, nella sala scoppiò l'inferno. I tre mostri venivano tirati e spinti da tutte le parti, e il vocio diventò assordante. Sul palco era in corso una specie di rissa, si sentivano grida di aiuto, la folla era ingovernabile. Irruppero nella sala decine di carabinieri, e tentarono invano di raggiungere il centro del caos. Svenimenti, donne che piangevano, cravatte strappate. Tutti volevano vedere da vicino i tre mostri, volevano cogliere lo sguardo del professore, volevano capire chi mentiva e chi diceva il vero. Ma il professore era sparito, e qualcuno gridava di averlo visto piangere. La folla continuava a spingere, tutti volevano vedere, sapere, toccare... Ma anche i tre ebrei erano svaniti nel nulla. Nessuno li aveva visti uscire...

Adesso erano all'aria aperta, sotto un cielo che si stava coprendo di nuvoloni neri, gonfi di pioggia. Si erano chiusi addosso i cappotti, per nascondere le casacche a righe bianche e azzurre. Steppa era allegro, e si dava schiaffi sulla testa. Ripeteva la *sua* frase e rideva.

«*Doktor Sthönz, che bello rivederti... Sono passati mille anni...* L'ho detta bene, eh? *Mi sei mancato...* Hai visto che faccia che ha fatto? Abbiamo combinato un bel casino, eh?» Gli altri due camminavano senza fretta, ignorandolo.

Entrarono in un bar per brindare. Era stato Rocco a proporlo. Chiesero tre spumanti. Il barista li servì sospirando. Non vedeva l'ora che quei tre si levassero dai piedi, non gli piaceva la gente strana. I tre ebrei fecero scontrare i bicchieri e li vuotarono in un sorso. Uscirono dal bar senza pagare, e il barista li lasciò andare, bestemmiando tra i denti.

I mostri avanzavano silenziosi sul marciapiede, e la gente girava alla larga. In fondo era divertente. Steppa sputava in terra di continuo.

«Bobo, ma è già finito tutto? O si fa ancora qualcosa? Io mi sono divertito come un maiale.» Il bestione non stava nella pelle, e Bobo fece una smorfia.

«Fallo stare zitto» disse a Rocco. Il gigante si offese.

«Perché zitto? Perché zitto?»

«Steppa, non rompere i coglioni» fece Rocco.

«Che ho fatto, cazzo? Mi dite che cazzo ho fatto?» diceva il gigante, agitando le mani. Gli altri due rimasero in silenzio, e alla fine Steppa si calmò. In lontananza si sentivano delle sirene. Cominciarono a cadere le prime gocce sull'asfalto, enormi e rade. Sembravano sputi.

Il professor Stonzi era seduto sul letto in mutande, nella sua camera d'albergo. Stava fumando una sigaretta, l'ennesima, e l'aria era irrespirabile. Aveva passato l'intera giornata chiuso là dentro. Non era ancora mezzanotte. Marianna era stata ricoverata in ospedale fin dalla mattina. Diceva strane cose e piangeva. Il professore si sentiva solo, Marianna gli mancava. Si rendeva conto solo adesso di quanto lei fosse importante. Provava per lei una tenerezza infinita, era una ragazza così dolce... Forse non era mai stato veramente gentile con lei, doveva assolutamente rimediare... Ma come mai Marianna al congresso aveva pronunciato quelle parole? Cos'è che aveva scoperto? Chi era stato a metterle in testa quell'idea folle? Il professore si guardava i piedi nudi, le gambe, le ginocchia... La sua pelle avvizzita e giallastra gli fece quasi schifo, ma non era quello il momento di pensarci. La confusione del Palazzo dei Congressi era lontana, ma lui sentiva ancora nelle orecchie le parole di quei tre sciagurati... E quel nome: *Rudolf Sthönz!*

Chi erano quei figli di puttana? Com'era possibile che tre balordi potessero scatenare un putiferio simile?

In America non sarebbe mai successo! In questo paese di merda, invece... Si sforzò di sorridere, ma si sentì ridicolo. Al posto dello stomaco gli sembrava di avere una pietra. Doveva ammetterlo, era preoccupato. Anzi no, era più onesto dire che aveva paura. Non erano altro che menzogne, ma ugualmente aveva paura.

Spense la sigaretta e ne accese un'altra. Cosa sarebbe successo? Cosa avrebbero scritto i giornali? Ci sarebbero state delle conseguenze, per quella pagliacciata? Dubbi, mormorii... Sarebbe mai tornato tutto come prima? La gente non voleva altro che scandali! Non vedevano l'ora, tutti quanti... Altro che Nobel!

Non riusciva a togliersi dagli occhi l'immagine di quei ridicoli mostri vestiti a strisce... Rudolf Sthönz... Rodolfo Stonzi... Era semplicemente ridicolo... Non poteva che essere uno scherzo! Ma chi poteva aver architettato uno scherzo così cattivo? Qualcuno che voleva rovinarlo? Un collega invidioso? Il Vaticano?

A che servivano le congetture? Poteva accanirsi quanto voleva, poteva fare a pugni con il sole... Ma la cosa importante era un'altra: che cazzo sarebbe successo? Non aveva ancora guardato nessun telegiornale, non se l'era sentita. Ma adesso... Andò ad accendere il televisore, e aspettò con impazienza il tg della notte.

Finalmente iniziò... I titoli... Terza notizia... *Stamattina al Palazzo dei Congressi di...* Quella troia della giornalista sembrava quasi contenta... Era odiosa, con quei capelli biondi vaporosi e il viso sempre di tre quarti... Si credeva bellissima... Maledetta gallina...

Aspettò con ansia che arrivasse il servizio, fumando senza sosta. Finalmente partirono le immagini... La voce del cronista era concitata...

... La situazione non è ancora stata chiarita... Stando alle notizie, tre ebrei sopravvissuti ai campi di sterminio avrebbero riconosciuto nell'illustre professor Rodolfo Stonzi uno dei medici del campo di Birkenau, dove il famigerato Dottor Morte, il medico nazista Josef Mengele, commise atrocità inaudite... Si tratterebbe di un certo Rudolf Sthönz, che a quanto si è potuto capire dalle parole dei tre ebrei, all'epoca avrebbe compiuto feroci esperimenti su cavie umane... L'assonanza del nome farebbe pensare che...

«Non è vero... Figli di puttana... Non è vero niente...»

... Abbiamo intervistato il professor Pallotti, uno dei massimi storici del nazismo, e gli abbiamo chiesto se nei suoi studi si è mai imbattuto in un certo Rudolf Sthönz...

Apparve il professor Pallotti, seduto dietro la sua scrivania e circondato di libri. Aveva uno sguardo sereno. Ricordò al pubblico che molti nazisti erano riusciti a fuggire in America Latina o altrove, sotto falso nome... Ma forse non tutti sapevano che alcuni di loro erano rimasti anonimi, soprattutto a causa di una precisa ragione: non pochi archivi del Terzo Reich erano andati a fuoco. Dunque non ci si doveva meravigliare se tre reduci di Birkenau riconoscevano uno dei loro antichi aguzzini di cui nessuno sapeva niente. Era già successo a Madrid, sedici anni prima, quando un alto funzionario delle SS era stato riconosciuto mentre assisteva a una corrida.

Il professore spiaccicò la cicca nel posacenere e accese un'altra sigaretta. Ma che cazzo stavano dicendo? Erano tutti impazziti? Appena finì il servizio spense il televisore. Aprì il frigobar e prese una bottiglietta di cognac. Se la rovesciò in gola, e gli sembrò di bere acqua sporca. Ne stappò una di grappa, ma nemmeno quella riuscì a soddisfarlo. Camminava su e giù nella stanza, angosciato. Avrebbe voluto che ci fosse Marianna accanto a lui. Non la Marianna degli ultimi giorni, ma quella che lui aveva sempre conosciuto, affettuosa e dolce. Sentiva il bisogno di abbandonarsi fra le sue braccia, di non pensare a nulla. Ma nella sua testa i pensieri correvano come topi impauriti.

Bevve ancora due bottigliette, una dietro l'altra. Finalmente sentì che l'alcol stava cominciando a fare il proprio dovere. Accese l'ennesima sigaretta e gli sembrò di aspirare paglia secca. Si passò una mano sulla faccia, abbattuto dall'incredulità. A un tratto sentì delle voci venire da fuori, e andò ad affacciarsi alla finestra che dava sulla piazzetta. Davanti all'albergo si era radunata una piccola folla che gridava minacce contro il *porco nazista*!

Il professore spiava la strada senza farsi vedere. Si

156

sentiva tremare le gambe, e dovette reggersi al davanzale. Si fa presto a linciare un uomo, senza nemmeno dargli il tempo di dimostrare la sua innocenza. Una volta in America aveva visto fare a pezzi un tipo che si gridava avesse ucciso una bambina... Ma poi si era scoperto che non era stato lui. Tante scuse al morto, ma intanto quello era stato ammazzato. Quando la gente si mette in testa qualcosa... Non erano uomini, erano bestie! Avevano sempre bisogno di azzannare qualcuno.

In fondo alla strada apparvero dei ragazzi che stavano avanzando verso l'albergo. Si fermarono sotto le finestre e applaudirono, inneggiando al *nazista*!

Il professore richiuse la finestra e dovette andare in bagno a vomitare. Dopo un po' sentì delle sirene che si fermavano davanti all'albergo, e tornò di corsa alla finestra per sbirciare di sotto. Era arrivata la polizia, un paio di macchine. La folla si disperse senza fretta, e finalmente la piazzetta fu di nuovo deserta.

Il professore andò a sdraiarsi sul letto, sopra le lenzuola. Gli girava la testa, e aveva in gola il sapore amaro del vomito. Accese un'altra sigaretta. Si mise a fissare il soffitto, con il pianto in gola. No, doveva stare tranquillo. Presto sarebbe venuta a galla la verità, non era possibile che... Sentì bussare e alzò la testa.

«Chi è?»

«Una lettera per lei, professore.»

«A quest'ora?» urlò quasi. Si alzò in piedi e si avvicinò alla porta.

«Mi scusi, professore, ma mi è stato detto che lei stava aspettando questa lettera.»

«La infili sotto la porta.» Dopo qualche attimo di silenzio, una busta bianca strisciò sulla moquette e apparve ai suoi piedi.

«Le auguro una buona notte, professore.»

«Grazie...» Si chinò a raccogliere la busta. Sopra c'era scritto, in stampatello: EGR. PROF. RODOLFO STONZI. Istintivamente la annusò. Di chi poteva essere? Strappò un lato della busta e sfilò un foglio di quaderno, scritto sempre in stampatello...

CHI SEMINA VENTO...

Appallottolò il foglietto e lo scagliò contro il muro. Si lasciò andare sul letto, scosso dai brividi. Forse aveva la febbre. Si mise a fissare il muro, cercando di capire chi potesse volergli male fino a quel punto. *Chi semina vento...* Chi aveva scritto quelle parole? Che senso avevano? Chi poteva avercela con lui? Si era comportato onestamente per tutta la vita, aveva sempre fatto quello che doveva fare... Ma allora come mai adesso provava qualcosa di simile alla vergogna? Gli bruciavano addirittura le guance, come quando da ragazzino veniva scoperto a fare qualcosa di proibito...

Un torto a qualcuno. Doveva aver fatto un torto a qualcuno... O meglio, qualcuno riteneva di aver subito un torto da lui. Non poteva essere altrimenti. Lo stavano accusando di essere un medico nazista di nome Rudolf Sthönz... Avevano tradotto il suo nome in tedesco... Nulla di più ridicolo! Ma via... Chi vuole nascondersi dietro un falso nome non commetterebbe mai una stupidaggine simile! Sarebbe stato come farsi chiamare Giuseppe Gobbello o Adolfo Itlero... E poi che c'entrava lui, con i nazisti? Non li aveva nemmeno visti da lontano, i nazisti. Poco prima che scoppiasse la guerra era partito per l'America insieme ai genitori, e ci era rimasto. La prima volta che aveva messo piede in Germania era il 1974, a Stoccarda, per un congresso scientifico. In tedesco sapeva dire solo *Auf Wiedersehen*, *Liebe* e *Mutter*, come tutti. Ma qualcuno voleva trasformarlo in un criminale nazista! Non era certo un equivoco, era proprio lui che volevano rovinare! Ma a *chi*, Dio del Cielo, poteva aver fatto un torto? Forse in un lontanissimo passato? Di certo senza nemmeno saperlo! Magari una stupidaggine successa molto tempo prima, e che qualcuno aveva vissuto come un grave sopruso. Ma chi era? Di cosa voleva vendicarsi? Chi poteva essere così pieno di odio? E fino a che punto si sarebbe spinto? Era addirittura capace di uccidere? Di certo doveva essere una persona potente, se era riuscito a organizzare quella orribile messa in scena! Aveva assoldato quei mostri per rovinarlo... E chissà per cosa! Quale torto? Chi è che non aveva mai commesso un torto? Esisteva sulla faccia della terra un essere umano che non avesse mai fatto un torto a qualcuno? Si poteva forse camminare per le strade senza schiacciare qualche formica? Chi è senza peccato scagli...

Il cuore gli batteva nelle tempie. Lentamente, un

pulviscolo di rimorsi si diffuse nella camera. Una lunga fila di ombre cominciò a sfilare davanti al professore. Persone dimenticate, senza faccia... Quanti erano? Chi se lo immaginava che sarebbe andata a finire così?

Sentì una fitta in un punto preciso del cranio. Un dolore insistente, come se gli avessero conficcato un chiodo nella testa. E finalmente riconobbe le facce, cominciò vagamente a ricordare... Ad esempio quello là, con la faccia da cavallo... Cos'era successo? Ecco, sì... Era stata una questione di soldi, certi zeri che andavano e venivano... E faccia da cavallo era finito in galera... Ma lui che c'entrava, in fondo? Era riuscito a venirne fuori pulito, ma questo non poteva significare che... Come si chiamava quel tipo? Non riusciva a ricordarlo. Sapeva solo che era un uomo da nulla, e lui aveva sempre disprezzato gli uomini da nulla...

E voi chi siete? Tre ombre si erano piazzate davanti al letto. Uno era... Giuseppe? Giovanni? Si era sparato più di trent'anni prima, *per amore*, avevano detto allora. Ma in fondo era stata solo una *faccenda di donne*, nulla di più. Al mondo ci sono le persone forti e le persone deboli, nessuno può farci niente. Era colpa sua se quello là si era ammazzato? Non diciamo stupidaggini...

E il grassone chi era? Adesso si ricordava... Un individuo senza midollo, un mezzo uomo, un incapace a cui aveva stroncato la carriera, ma a conti fatti se lo era meritato... Non si poteva mica essere buoni con tutti...

160

Una zanzara continuava a volargli vicino alle orecchie, ma non riusciva a vederla. Possibile che a marzo ci fossero già le zanzare? Ammazzarla, voleva ammazzarla...

La terza ombra sembrava quella di un ebreo... Certo, era quel tipo che... Il suo vicino di casa, quello che sembrava una pecora... Sarà stato il '39, una ragazzata... Insieme a un paio di amici lo avevano spogliato nudo e lo avevano spinto in mezzo alla strada... Mica lo avevano bastonato! Era stato solo uno scherzo... Chi è che non ha mai fatto uno scherzo?

Salve Doktor Sthönz... Ti ricordi di me? Guardami bene...

Vide arrivare altre ombre, uomini dappoco, persone insignificanti... Pensò con rabbia che erano individui deboli che la Natura avrebbe giustamente lasciato morire... Per selezionare la razza, per avere esemplari sempre più forti... Ecco qua, non volevate il nazista? Non è così che vi piace? A un tratto si sentì invadere da uno strano calore, e capì con vergogna che non sarebbe riuscito a trattenere le lacrime.

«Lasciatemi in pace... Maledetti figli di puttana... Andate via...» Si mise a piagnucolare, sbavando come un ragazzino. Chiuse gli occhi e si coprì la testa con il lenzuolo, per non vedere più quella processione di ombre... Andate via... Andate via...

Lentamente smise di piangere, e tremando di freddo si abbracciò le ginocchia. Aveva i brividi nelle ossa, ma il viso gli bruciava... Finalmente si addormentò, con la luce accesa. La zanzara gli si posò sulla guancia e cominciò a succhiare il sangue...

Sognò una lunga fila di stregoni incappucciati che avanzavano a lenti passi di marcia, mormorando, con le braccia incrociate sul petto. Venivano a parlargli della Grande Notte di Arimane, quando il Male fatto tornerà indietro con inaudita violenza e non ci sarà tempo per il rimorso. Quella Notte non servirà a niente lamentarsi, sarà troppo tardi, anche nell'eternità può essere troppo tardi. Un gelo infernale penetrerà nelle ossa, miliardi di stelle ghiacciate cadranno sul corpo dei condannati e la loro pelle brucerà come brace. Nessuno avrà nome, nella Grande Notte, i condannati saranno tutti uguali. Il respiro di Arimane avvolgerà ogni cosa e la sua vendetta ristabilirà l'antico equilibrio dell'Universo. Come sempre, ogni cosa verrà distrutta e si ripartirà dal nulla... Carbonio, ossigeno, azoto, le prime cellule, i microrganismi... Un Nuovo Ciclo è già cominciato... I vermi strisceranno per milioni di anni, e lentamente muteranno di grado in grado fino a creare la razza umana... Nasceranno di nuovo i folli e i santi, i condottieri e i traditori, i potenti e gli inetti... Ma più in alto di tutti ci sarà sempre Arimane, che tutto osserva e dirige. Altri Cicli si ripeteranno, sempre uguali, ogni volta inutili. E tutto questo non avrà senso, non avrà mai avuto alcun senso, perché così deve essere... E i condannati si scorticheranno con le unghie per cercare di cancellare la propria condanna, si scorticheranno la pelle come per la puntura di mille zanzare, di un milione di zanzare...

Il professore mugolava nel sonno e si spellava il viso con le unghie, per colpa di una zanzara, una sola. Spalancò gli occhi, e si trovò del sangue sulle dita. Si alzò in piedi vacillando. Era solo un sogno, solo un sogno... Doveva stare calmo. In fondo cosa poteva succedere? Si sarebbe chiarito tutto, ne era certo. Non era mai stato in Polonia, non sapeva nemmeno dove fosse il campo di Birkenau... Non era lui Rudolf Sthönz! Non aveva mai visto quei tre relitti umani vestiti a righe!

Si trascinò fino al bagno, passando in mezzo a una folla di fantasmi. Si sciacquò a lungo la faccia con l'acqua fredda e sputò nel lavandino. Rimase a guardarsi le guance, divorate da quella maledetta zanzara.

«Tutto si aggiusterà» sussurrò, per farsi coraggio. Andò a sedersi sulla tazza, e pisciò come facevano le donne. Tirò la catena senza alzarsi. Sentì le gocce d'acqua fresca bagnargli le cosce e cominciò a singhiozzare.

«Ehi, Rocco... Dormi?»

«Che vuoi?»

«Non c'è un altro porco nazista, da qualche parte?»

«Lasciami stare.»

«Voglio un altro porco nazista...»

«A che ti serve?»

«Oggi mi sono divertito.»

«Anche io.»

«Sono stato bravo, vero?»

«Sei stato bravo.»

«Anche te sei stato bravo. Anche Bobo. Tutti e tre siamo stati bravi.»

«Certo.»

«Hai visto come urlava quel maiale? Eh? L'hai visto?»

«Sì... Però...»

«Però cosa?»

«Forse non è servito a nulla.»

«E perché?»

«Io non volevo farlo urlare. Volevo distruggerlo.»

«Vuoi che gli tronchi il collo?»

«No.»

«Non ci metto nulla, te lo faccio come regalo. Mi dai cinque sigarette e siamo pari.»

«No, aspettiamo.»

«Comunque, se ci sono altri nazisti in giro...»

«Giuro che te lo faccio sapere.»

«Sei un amico.»

«Ora lasciami in pace.»

«Rocco...»

«Che c'è?»

«Chi cazzo sono di preciso, questi nazisti?»

«Gente che crede di poter fare tutto quello che vuole senza mai pagare il conto... Ora lasciami stare...»

«Perché?»

«Voglio pensare.»

«Pensare a cosa?»

«Non lo so... Cazzo, vuoi lasciarmi in pace!»

«Vaffanculo... Pensa pure, vai... Pensa anche per me, io non ne ho proprio voglia» disse Steppa, grattandosi la testa. Rocco non disse più nulla. Era sdraiato su un fianco, lo sguardo perso nel cielo scuro. Pensava che la vita era una merda, però era una sola. E la sua era stata bruciata come la capocchia di un cerino. Pensava alla bronchite cronica, al dolore che ogni tanto gli mordeva il fianco, ai fagioli ammuffiti che quella mattina aveva trovato nella spazzatura, all'ultima volta che si era cambiato le mutande. Pensava a cosa avrebbe voluto fare da grande... molti anni fa...

Gli si chiudevano gli occhi per la stanchezza, ma non riusciva a dormire. Steppa si alzò in piedi e fece un rutto.

«Mi sento un po' giù, vado a fare un giro» disse, e si allontanò dandosi manate sulle cosce. Rocco tirò un sospiro di sollievo, non ne poteva più di quel bestione.

La notte era appena cominciata. Il giorno dopo, sulla prima pagina dei quotidiani sarebbe certamente apparsa la foto dei tre reduci di Birkenau...

Il silenzio era velato dal respiro continuo e imponente del fiume, che quella notte sembrava più gonfio del solito. Tutta quell'acqua che scendeva dai monti e andava a morire nel mare... Niente, non riusciva a dormire. Si tirò su e accese una sigaretta, osservando i ratti che saltellavano sull'argine. Quelle bestiacce non facevano che mangiare e accoppiarsi, accoppiarsi e mangiare, lasciando nell'aria un fetore di tombino. Uno di loro aveva la faccia di Rudolf Sthönz, mangiava più degli altri e aveva gli occhi da pazzo. Stava frantumando con i denti un osso di coniglio, e gli altri topi gli giravano intorno per rubarglielo... Ma lui posò l'osso, scattò in avanti e ne azzannò un paio alla nuca. A un tratto si drizzò sulle zampe e si mise a gridare a squarciagola... *Mi chiamo Stonzi, io mi chiamo Stonzi, Rodolfo Stonziiiii...*

Rocco si svegliò di colpo, in un lago di sudore. Si alzò in piedi barcollando, senza riuscire a capire dove si trovasse. Per un istante gli sembrò di vedere una camera... La sua camera da letto di allora, quando era giovane e Anita era innamorata di lui. Si sfregò i pugni sugli occhi, e lentamente intorno a lui emerse il mondo consueto, il suo sudicio mondo. Qualche metro più in là, tre o quattro ratti stavano svuotando a morsi una carcassa di piccione.

Alle tre di notte il professore decise di radersi. Si era già fatto la barba quella mattina, ma aveva di nuovo le guance ruvide. Sperava di trovare un po' di serenità in un gesto quotidiano. S'insaponò la faccia, cercando di non guardare i suoi occhi arrossati che roteavano nello specchio.

Finì di radersi, e mentre si metteva il dopobarba notò un foruncolo sul labbro. Un brutto foruncolo nero, gonfio di pus. Decise di eliminarlo. Avvicinò la faccia allo specchio e circondò il foruncolo con la punta delle dita. Cominciò a schiacciarlo piano piano, saggiandone la durezza. Poi ci lavorò con più forza, con lo sguardo fisso sul labbro. Ma il foruncolo non voleva saperne di scoppiare. Schiacciò ancora più forte, ma il foruncolo resisteva, non voleva morire, restava attaccato al suo viso come una zecca. Concentrarsi su quella stupida cosa lo distraeva dai suoi pensieri. Fece un bel respiro e strizzò con tutta la forza, fino a far vibrare la testa per lo sforzo... e finalmente quel figlio di puttana esplose, facendo il rumore di uno sputo. Un liquido giallo schizzò sullo specchio, e dal cratere sgorgò una bolla di sangue marrone. Un vero schifo. Prese l'angolo di un asciugamano, lo ammorbidì nell'acqua tiepida e lo passò con cura sul labbro. Toglieva il sangue e quello subito ritornava, usciva dal foruncolo aperto con la lentezza di una goccia di miele. Ci mise sopra un fazzoletto di carta imbevuto di acqua ossigenata, sentì frizzare e premette più forte. Si accorse che il cuore gli stava martellando svelto dentro la gola, come per uno spavento. Rimase incantato a guardarsi nello specchio. La sua pelle era invecchiata. C'erano anche un paio di macchie marroncine sulla fronte, che non aveva mai visto. Quanto tempo era che non si guardava con attenzione? Staccò il fazzoletto. Il sangue si era fermato, il foruncolo era stato eliminato. Al suo posto c'era un forellino tondo, ma dopo qualche giorno non ci sarebbe stato più nulla. Anche il cuore avrebbe ricominciato a battere normalmente, e la vita avrebbe ripreso il suo corso... Non pensava così anche da bambino, quando lo portavano dal dentista? Bastava solo aspettare, e prima o poi tutto sarebbe finito. Se lo ricordava bene, il dentista, il dottor Migliorini. Aveva i lineamenti duri, gli occhi di ghiaccio, e un eterno sorriso maligno sulle labbra. Un sorriso che non spariva nemmeno quando impugnava i suoi ferri. Guardava nella bocca delle vittime e ci armeggiava dentro con cattiveria... Sì, se lo ricordava bene quel figlio di puttana. Quando sua madre gli disse che il dottor Migliorini era morto schiacciato da un autobus, lui scoppiò a ridere di gioia e la mamma gli stampò uno schiaffo sulla bocca. *Non si ride sulla morte, tienilo bene in mente...* E quante volte sua mamma gli aveva detto, agitandogli un dito davanti agli occhi... *Sei un egoista...*

Egoista... Cos'era in fondo l'egoismo? Il sentimento più naturale. Bastava solo esserne consapevoli. Lui sapeva bene quanto fosse ingiusto il mondo, e ci rifletteva. Per esempio, mentre beveva un buon vino o mangiava una bistecca, gli capitava di pensare a tutti quei bambini che mangiavano un giorno sì e uno no, e anche a quelli che non mangiavano per niente. Non voleva ignorare la verità. Masticava la carne e pensava a quanto era ingiusto il mondo. Tutti lo sapevano e nessuno faceva nulla, anche per questo il mondo era ingiusto. Nemmeno lui avrebbe fatto nulla. Sapeva cosa si sarebbe dovuto fare, come lo sapevano tutti, ma non poteva certo pensare di cambiare il mondo con le proprie forze... Non soffriva di simili deliri di onnipotenza. L'unica cosa da fare era mangiare tranquillamente e pensare a quanto fosse ingiusto il mondo...

Aveva sempre detestato i *grandi uomini*, quelli che avevano fatto *grandi cose* e venivano osannati da tutti. Ma che merito avevano? Avevano solo fatto quel che sentivano di dover fare, né più né meno. Se non lo avessero fatto, avrebbero sofferto, dunque che merito avevano? E poi in fin dei conti che cosa avevano fatto di così grande? L'unico che avrebbe potuto fare davvero qualcosa era quel Dio inventato dagli uomini, ma nemmeno Lui faceva nulla... Non riusciva nemmeno a impedire ai foruncoli di nascere. Ogni cosa avveniva per caso, tutto poteva succedere in ogni momento, la vita, la morte... Un ovulo fecondato diventava un essere umano, ma nulla poteva garantire che la sua vita continuasse nell'attimo successivo. Era la vittoria completa dell'irrazionalità. Ma ugualmente l'uomo continuava ad andare avanti, oltraggiando la Natura. La Ragione era il più scandaloso errore della Natura, anzi era addirittura *contronatura*. Dalla Ragione derivavano i Sentimenti. E i Sentimenti creavano mostri. Il cosiddetto *Amore* avrebbe distrutto la razza umana, facendola diventare sempre più malata e debole. I Sentimenti rendevano possibile l'accoppiamento anche tra esemplari umani brutti e deboli, individui che la Natura avrebbe tenuto alla larga dalla riproduzione. La Natura puntava al rafforzamento della specie, permetteva solo l'accoppiamento dei migliori perché conosceva il valore della vita. La Natura non aveva remore morali, abbandonava senza pietà i deboli, i vecchi e i malati. La Pietà era la rovina della razza umana, così come l'Amore... Era per colpa dell'Amore che nascevano bambini malformati, mostruosi, deficienti. Dio non poteva aver creato un mondo del genere...

Ebbene, se la Ragione era la Grande Malattia, la Ragione poteva essere anche la Cura. Soltanto la Scienza poteva rimettere le cose al loro posto... Non per salvare un pulcioso e insignificante individuo, ma l'intera razza umana. Forse nemmeno questo aveva un senso, ma qualcosa in questa porca vita si doveva pur fare. Anche solo per distrarsi dalla morte, come diceva Pascal...

*

*Signore e signori, lo capite che non è possibile?
Dio non può aver voluto un mondo così... E dunque non è possibile che Dio esista... Mi pare molto
chiaro, no? Dio non esiste semplicemente perché
non può esistere, eccolo qua il grande mistero...*

Sorrise, fissandosi nello specchio. Distratto da quei
pensieri, stava cominciando a rilassarsi. A un tratto
si accorse che un pelo aveva resistito al rasoio. Sempre
lo stesso errore! A cosa serviva resistere? Anche il
foruncolo aveva cercato di resistere, ma inutilmente.
Afferrò di nuovo il rasoio e tagliò il pelo, pensando:
Muori, cane. Sorridendo riprese tra le dita il foruncolo
e lo strizzò ancora. Voleva far uscire tutto. Da quel
forellino doveva schizzare via tutto il marcio del mondo... Ma non c'era più nulla da tirare fuori. E adesso?
I denti. Doveva lavarsi i denti, come faceva sempre
prima di andare a letto. Afferrò lo spazzolino e lo
caricò di dentifricio... Ma prima di appoggiarselo sui
denti si bloccò, e per qualche secondo rimase immobile con la mano a mezz'aria. Gli sembrava di aver
sentito bussare di nuovo, e si accorse con rabbia che
gli tremavano le ginocchia. Si affacciò fuori dal bagno,
ma non sentì più nulla. In punta di piedi andò ad
appoggiare l'orecchio sulla porta della camera... A
un tratto sentì scoppiare una risata e sobbalzò, con
il cuore in gola.

«Che scemo che sei...» disse la voce assai divertita

di una donna, allontanandosi nel corridoio. Un uomo borbottò qualcosa, forse di sconcio, e la donna rise di nuovo. Sembrava la tipica schermaglia audace prima del sesso. Si sentì il rumore ovattato di una porta che si chiudeva. Quei due dovevano aver bevuto un po' troppo, magari champagne, e adesso se ne andavano a letto a farsi una bella scopata... Beati loro, porca di una puttana... Non dovevano combattere contro le calunnie, non stavano svegli di notte a bere le schifose bottigliette del frigobar e a schiacciarsi i foruncoli... e soprattutto non avevano paura. Lui invece... Andò a sedersi sul letto, con lo spazzolino ancora in mano. Era bastata la risata di quella scema a fargli gelare il sangue. Là fuori c'era qualcuno che lo voleva rovinare, che lo voleva abbattere, sotterrare... Gli sembrava di sentire il suo odio che aleggiava nella stanza... Maledetto... Era riuscito a fargli saltare i nervi come a un bambino... Doveva calmarsi... Non voleva darla vinta a quel figlio di una puttana... Non doveva soccombere, lui era il professor Stonzi, luminare mondiale della Biogenetica... E prima o poi, la commissione del Premio Nobel...

Con uno scatto di orgoglio tornò in bagno e si lavò i denti come se non fosse successo nulla... Ma ormai gli era rimasta dentro una sensazione di pericolo che non riusciva a ignorare. Il suo viso nello specchio faceva paura. Aveva le occhiaie viola e la bocca contratta. Doveva assolutamente rilassarsi e dormire. La stanchezza era un nemico assai pericoloso, capace di trasformare un problema da nulla in un disastro senza soluzione. Era assolutamente urgente riuscire a dormire, e la mattina dopo si sarebbe svegliato con la lucidità necessaria per ridimensionare il problema, per affrontarlo nel modo più giusto. Se avesse avuto un flacone di tranquillanti, una qualunque benzodiazepina... A un tratto sgranò gli occhi...

«Ma sì, devo averlo ancora!» sussurrò, esaltato. Corse in camera e si mise a rovistare nella valigia. Dove diavolo aveva messo quella scatolina? Ogni tanto se la ritrovava in mano, e la lasciava dov'era. Gliel'aveva regalata un suo amico diplomatico, dopo un viaggio in Nepal, ma lui non l'aveva mai aperta. *Se una sera vuoi rilassarti e partire per un fantastico viaggio mentale, mastica una pallina di queste e vedrai che ti diverti*, gli aveva detto il suo amico. *Se invece vuoi dormire come un sasso ce ne vogliono tre o quattro, e il viaggio lo farai nel sogno...* Oppio, palline di oppio. Ma dove le aveva messe? Viaggiava spesso, e la sua valigia non la disfaceva mai del tutto. Cercò in mezzo ai calzini, in un portadocumenti, in tutte le cerniere, ma la scatolina non saltava fuori. Ormai si era messo in testa che con l'oppio sarebbe riuscito a dormire, e non voleva rinunciare. Si affidava a quella possibilità come se precipitando nel vuoto avesse visto un ramo a cui aggrapparsi... Non riusciva a pensare ad altro. Quand'è che aveva visto quella scatolina nera per l'ultima volta? Durante il viaggio a Glasgow, l'ottobre scorso? O un mese prima quando era stato a Bruxelles? Cercò nella memoria, con impegno febbrile, passandosi le mani sulla faccia... Ecco dove l'aveva messa! Nella trousse da bagno, in un piccolo scomparto.

174

L'aveva sempre lasciata lì, al suo posto, e si era dimenticato di averla. A meno che Marianna... Corse a guardare, e quando si trovò in mano la scatolina gli scappò un singhiozzo di riso. Stringeva in mano la sua salvezza, il sonno rigeneratore! Con quelle magiche palline avrebbe annullato l'effetto malefico del suo nemico, avrebbe sconfitto la paura e si sarebbe addormentato come un angioletto.

Si sistemò a sedere sul letto con i cuscini dietro la schiena, e aprì la scatolina. Dentro una stagnola ben piegata c'erano diverse palline nere vagamente appiccicose, dall'odore indefinibile. L'incubo di quella notte sarebbe finito, finalmente. Se ne mise una in bocca e provò a masticarla, ma era troppo amara e preferì mandarla giù con un po' d'acqua, come una compressa... *Se invece vuoi dormire come un sasso...* Ne inghiottì altre quattro, per essere sicuro di addormentarsi. Ecco, adesso non rimaneva che aspettare. Si sdraiò sotto le coperte e spense la luce. Si sentiva già più calmo. Non era merito dell'oppio, non ancora. Ma sapere che in pochi minuti sarebbe arrivato il sonno profondo lo tranquillizzava. Benedisse il suo amico diplomatico e tutto il popolo nepalese. Sorrideva, osservando l'oscurità senza paura. Non aveva alcuna fretta...

Passò quasi un quarto d'ora, prima che facessero capolino i primi effetti. Cominciò a sentire un tepore benefico in tutto il corpo, e per la prima volta in vita sua avvertì sotto la pelle il sangue che scorreva dentro le vene, anzi lo vedeva... Così come vedeva i muscoli, i tendini, le ossa... Vedeva con la mente, ma era come se vedesse con gli occhi... Era divertente... Il cuore gli batteva nei piedi, nelle orecchie, un po' dappertutto... Lo stomaco si contraeva piacevolmente, con un ritmo lento... Ma soprattutto era calmissimo, di una serenità mai provata... Ogni molecola del suo corpo era dolcemente sdraiata sopra un cuscino... Nulla poteva turbarlo, nulla sarebbe riuscito a spaventarlo... Se gli si fosse parato davanti un drago a due teste, lo avrebbe guardato con tenerezza... Era semplicemente meraviglioso... Gli apparve sua madre, sorridente... Sussurrava che non si dovevano dire le bugie, no no no, niente bugie, altrimenti ti cresce il naso... E il suo naso diventò così lungo che toccava il soffitto... Le mani colavano giù dal letto come cera fusa... Poco a poco la mente cominciò ad allontanarsi, a sprigionare colori, odori... E quando in fondo alla stanza vide apparire se stesso seduto sopra una sedia, gli venne da sorridere... La cosa più straordinaria era che gli sembrava del tutto normale... E al tempo stesso sapeva che era assurdo... Si tirò su e si mise a osservare l'altro Rodolfo... Erano seduti uno di fronte all'altro su una spiaggia infinita, e poco lontano si sentiva il rumore pacato della risacca...

All'improvviso arrivarono due uomini con il viso coperto da una maschera di cuoio, e circondarono l'altro se stesso... Cosa volevano da lui? Non sembravano troppo amichevoli... Intorno la spiaggia era sparita... Al suo posto c'erano le solide pareti di una cella senza finestre... La porta era di ferro, chiusa a chiave...

E per un attimo fu tentato di prenderla a pugni... Ma a cosa sarebbe servito? Cioè, era l'altro Rodolfo che era tentato di prenderla a pugni... Ma lui riusciva a vedere i suoi pensieri... Quasi li poteva toccare... L'altro se stesso era seduto sopra una sedia scomoda, davanti a un tavolino quadrato... Gli avevano sfilato la cintura e tolto i lacci delle scarpe...

«Chi... Chi siete?» riuscì a dire. I due uomini erano alti e grossi, vestiti con tute nere. Dietro di loro ne apparvero altri due, sempre mascherati. Ma nessuno parlava.

«Chi cazzo siete?» urlò... In quel momento si sentirono dei passi avvicinarsi... Una chiave girò nella serratura... E ora che sarebbe successo? La porta si aprì e apparve un uomo, a viso scoperto. Era alto, magro, con un'espressione vagamente sofferente. Fece un cenno per mandare via gli altri, e fu obbedito all'istante. Si sedette di fronte al professore, fissandolo con i suoi occhi nerissimi.

«*Wie ist Ihr Name?*»

Marianna era in ospedale, stava dormendo da quasi dieci ore, con l'aiuto dei sedativi. Era notte fonda. La sua camera era sorvegliata da un carabiniere, anche lui addormentato. Fino a mezzanotte avevano dovuto tenere a bada quei rompicoglioni dei giornalisti. Spintoni, insulti, e le solite frasi fatte sulla libertà d'informazione. Sul pavimento del corridoio erano rimasti i frammenti delle macchine fotografiche cadute in terra. La polizia aveva anche fermato un paio di imbrattacarte. Una cosa da nulla, ma la mattina dopo ci sarebbe stato da discutere. Adesso l'unica cosa importante era che la signorina non venisse disturbata.

«Riposo assoluto» aveva detto il primario del reparto. Camera singola. Un ago nel braccio assicurava un riposo più che assoluto. La camera era al buio, a parte un piccolo lumino da notte che spandeva un lieve pallore. Da qualche parte un malato si lamentava, e a momenti sembrava una sirena in lontananza.

Nella stanzetta dei medicinali una giovane infermiera si stava limando le unghie. Le piaceva avere le mani sempre a posto. La mattina aveva comprato in profumeria uno smalto molto carino, di un rosso intenso. Era sicura che le stesse bene. Mise via la limetta e sfilò lo smalto dalla borsa. Cominciò a laccarsi le unghie, e per la concentrazione teneva la lingua tra le labbra. A un tratto sentì un rumore, si voltò distrattamente verso la porta e vide la maniglia abbassarsi. Aveva già pronto un sorriso per Loretta, la sua collega. Le avrebbe chiesto come le stava quello smalto... Ma la porta si aprì appena, e spuntò una grossa testa pelata con gli occhi da pazzo... L'infermiera cacciò un urlo, e la boccetta le cadde di mano frantumandosi sul pavimento. La porta si richiuse di colpo, e lei rimase addossata alla parete con il cuore in gola. Stava immobile, trattenendo il respiro. Vide la porta riaprirsi lentamente... Stava per gridare di nuovo, con tutto il fiato che aveva... Ma invece del mostro apparve il medico che faceva la notte. Vide la macchia rossa per terra e si fermò, pensando per un attimo che fosse sangue.

«Che succede? Chi ha gridato?»

«Oddio...» Le gambe quasi non la reggevano.

«Che è successo?»

«Ho visto un... Ha aperto la porta e...»

«Ma chi?»

«Non lo so... Aveva due occhi... Dio che paura...» Si avvicinò al medico e gli appoggiò la testa sul petto. Stava quasi per piangere.

«Si calmi, Rosanna... Mi dica cos'ha visto...»

«Stavo qui che... Si è aperta la porta... C'era un uomo che mi fissava... Era un... Una specie di mostro...»

179

« Sarà stato uno che cercava il bagno... E non sono mica tutti belli come lei... » disse il medico, prendendola per le spalle. La ragazza alzò la testa, imbarazzata.

« Sono una scema... Ieri ho visto un film sugli zombie e ho dormito male tutta la notte... Però quell'uomo l'ho visto davvero... »

« Venga, andiamo a cercare questo mostro. » Prese la ragazza per mano e fecero insieme il giro del reparto, stanza per stanza.

« Come vede... »

« Ma io l'ho visto, glielo giuro. Non sarà il caso di avvertire la polizia? »

« Non esageriamo... Perché non prende qualche goccia di Noan? »

« No, ora sto bene. »

« Glielo avevo mai detto che lei è molto carina? »

« Grazie. » Era arrossita.

« Venga almeno a bere un bicchier d'acqua. »

« Dovrei andare a controllare le camere... E poi devo togliere la macchia di smalto... »

« Potrà farlo tra cinque minuti. »

« Va bene... » disse lei, remissiva. Il medico la prese a braccetto e s'incamminarono lungo il corridoio.

« Se non fossi sposato la inviterei a cena. Lei è fidanzata? »

« Sì... »

« Dica al suo fidanzato che lo invidio. » Continuando a chiacchierare arrivarono in fondo al corridoio, e appena sparirono dietro l'angolo si sentì una risatina dell'infermiera. Era una notte come un'altra... Ma non del tutto...

Un gigante sbucò fuori da una porta e avanzò nel corridoio senza fare rumore. S'infilò nella stanza dei medicinali. Aveva la testa pelata e due occhi tondi da bambino scemo. Si mise a rovistare negli armadi, e finalmente trovò un camice bianco della sua misura. Se lo mise in fretta. Era divertente far finta di essere un altro, come quella mattina con gli stracci a righe. Uscì nel corridoio con aria tranquilla, convinto di sembrare un vero dottore. Incrociò un *collega*, e si salutarono con un cenno. Funzionava, lo avevano preso per un dottore. Un infermiere sbucò fuori da una porta, gli andò incontro e gli chiese se aveva visto il dottor Falciani. Lui indicò una direzione a caso.

«L'ho visto ora laggiù.» Lo disse con aria sicura, senza smettere di camminare, come un vero dottore. Si divertiva un sacco. In mente aveva due numeri, *Sei* e *Ventidue*. Era così che aveva detto l'infermiera grassoccia. Entrò nell'ascensore e premette il bottone del sesto piano. *Sei*. Gli era sempre piaciuto andare in ascensore, gli faceva venire i brividi all'altezza dell'inguine. La porta si aprì, e si trovò in un lungo corridoio esattamente uguale agli altri. Un corridoio che somigliava molto a quelli di un posto dov'era stato molti anni fa, una specie di manicomio, ma con più sbarre e meno infermieri. Di quel periodo si ricordava vagamente una faccenda con tanto sangue, una brutta giornata. Ma lui non si faceva impressionare dalle cose passate... E poi non aveva tempo da perdere con le stronzate, doveva trovare la camera *Ventidue*. Camminava con il naso in aria per leggere i numeri... Quattro, cinque, sei... Girò l'angolo, e vide venirgli incontro un infermiere che spingeva una barella. Sopra era distesa una donna vecchissima e magra, con un occhio chiuso e uno sbarrato. Steppa salutò l'infermiere con un cenno e passò oltre.

«Quella vecchia muore stanotte» borbottò tra sé. Alzò lo sguardo per riprendere la sua ricerca, e seguendo i numeri fino al venti arrivò in fondo al corridoio. Voltò l'angolo e vide un carabiniere addormentato sulla sedia con il mento sul petto, accanto a una porta. Si avvicinò in punta di piedi. Dal labbro del carabiniere colava un filo di bava che gli finiva sui pantaloni. Per svegliarlo ci sarebbe voluto uno schiaffo. Sulla parete era avvitata una targhetta con il numero della camera: *Ventidue*. Steppa spinse piano la porta e s'infilò dentro, richiudendosela alle spalle senza fare alcun rumore. La stanza era quasi buia. Aspettò che i suoi occhi si abituassero all'oscurità, e finalmente vide una figura umana distesa sul letto. Si avvicinò trattenendo il respiro, e si chinò sulla donna. Era bella. Molto più bella di come se la ricordava. Sospesa in alto c'era una boccia di vetro, da cui partiva un tubicino che le finiva nel polso. Il bestione tolse via tutto con delicatezza, sollevò la donna e se la caricò sulle spalle senza fatica. Era leggera come un uccellino. Tornò verso la porta, la socchiuse e spiò fuori. Il carabiniere dormiva come un sasso, e nel corridoio non si vedeva nessuno. Uscì e richiuse la porta, perché tutto fosse normale. S'incamminò nella direzione da cui era arrivato, mentre i piedi nudi della donna oscillavano in aria. A un tratto sentì dei passi e due che parlavano, un uomo e una donna. Erano dietro l'angolo, e in pochi secondi sarebbero apparsi. Aprì la prima porta che si trovò davanti e si chiuse nella stanza. Quando sentì che i due erano passati oltre cercò l'interruttore della luce, e finalmente lo trovò. Si guardò intorno. Scope, spazzoloni, secchi, stracci. Aveva avuto fortuna, il destino era dalla sua parte. Chiuse a chiave la porta e adagiò la donna sul pavimento. Era indeciso se fare lo stesso gioco che aveva fatto con la bionda o un'altra cosa. Si mise a cavalcioni sopra di lei, stando attento a non schiacciarla.

«Dorme ancora... Guarda come dorme...» sussurrò, affascinato. Era proprio bella. Respirava piano piano, come un pulcino... Ma come mai aveva il naso così piccolo? Il suo era quattro volte più grande. Chissà una creatura così delicata quanti denti aveva in bocca. Che ci voleva a saperlo? Bastava contarli. Le aprì la bocca con le mani. Ci infilò dentro un dito, avvicinò gli occhi e si mise a contare i denti... Ma dopo un po' si confuse, per via della lingua che stava sempre tra i piedi e disturbava il lavoro. Ricominciò da capo e s'ingarbugliò di nuovo. Ci provò ancora, ma quella maledetta lingua non voleva saperne di stare ferma. Se voleva contare i denti doveva toglierla di mezzo. Eh già, non si poteva fare che questo. Non aveva mai strappato una lingua, chissà se era facile.

Cercò di prenderla tra l'indice e il pollice, ma la puttana scivolava via come un pesce. Alla fine riuscì a fermarla, e si preparò a tirarla via... Ma lo sguardo gli cadde su una catenina d'oro che spariva dentro la vestaglia della donna. Chissà cosa c'era appeso. Lasciò andare la lingua e sfilò la catenina. Si ritrovò in mano una medaglietta con la Madonna. L'oro era caldo. Anche la pelle della donna era calda. Lasciò perdere la Madonnina e infilò una mano dentro la vestaglia. Agguantò un seno e si mise a muovere le dita come le zampe di un ragno. Era divertente. Toccò un po' anche l'altro seno, ma era uguale al primo. Alla fine si stufò. S'inginocchiò di lato alla donna e le alzò la vestaglia fino alle costole. In mezzo alle gambe c'era un piccolo triangolo di peli scuri, e si chinò per annusarlo. Sapeva di... Non riusciva a trovare la parola. Comunque era un odore che gli piaceva, gli dava il formicolio. E là sotto che diavolo c'era? Sembrava un brandello di pelle che colava in mezzo ai peli. Lo prese tra le dita, era umido e caldo...

In quel momento Marianna cominciò a uscire dal torpore dei tranquillanti, sbatté le ciglia e intravide il soffitto. Sentì un fastidio tra le gambe, alzò la testa e vide un'enorme testa pelata. Pensò che fosse un sogno, e si ributtò giù. Ma il mostro si affacciò su di lei.

«Sei bella... Bella bella bella...» mormorò, soffiandole sul viso un alito marcio che toglieva il respiro. Marianna capì di essere sveglia e spalancò gli occhi... Vide il mostro che la guardava sorridendo, e si sentì morire... Era lo stesso che il giorno prima...

«Bella bella...»

Cercò di gridare, ma le mancava il fiato. Non riusciva quasi a muoversi, si sentiva debolissima.

«Bella bella bella... Sì...»

Richiuse gli occhi per non vedere nulla e provò di nuovo a gridare, mettendoci tutta la forza che le era rimasta... Ma le uscì solo una specie di rantolo, che meravigliò il gigante.

«Che ti prende? Ti ho detto che sei bella... Che cazzo ti prende?» Ci era rimasto male, molto male. La risposta di Marianna fu un urlo acuto che finalmente si liberò dalla sua gola.

«Brutta, perché fai così...» disse Steppa scattando in piedi, tendendo le orecchie... Un attimo dopo era sparito...

Tutto il personale del sesto piano si precipitò nel corridoio, per capire chi avesse gridato in quel modo. Il carabiniere barcollava con la pistola in mano, e con la bocca impastata giurava di aver visto un uomo fuggire in direzione delle scale.

Quando finalmente entrarono nella stanza delle scope, trovarono Marianna sul pavimento rannicchiata come un feto. Tremava leggermente, e alle domande rispondeva scuotendo appena la testa. La caricarono su una barella e la riportarono nel suo letto.

«Anche io da bambina ero sonnambula» disse un'infermiera, chiudendo la porta.

«*Wie ist Ihr Name?*» L'uomo aveva una bella voce, bassa e calda.

«Non sono tedesco...» disse il professore, allarmato... Il professor Stonzi, disteso a letto, si godeva la scena. Era come essere al cinema. Avrebbe voluto accendere una sigaretta, ma non riusciva a muoversi. Era troppo divertente...

«*Wie ist Ihr Name?*»

«Non sono tedesco... *I'm not German... Je ne suis pas allemand...* In che lingua glielo devo dire?»

«Qual è il suo nome?» chiese l'uomo, con un leggero accento straniero. Ma di quale paese?

«E lei come si chiama? Chi è? Dove mi avete portato?» disse il professore.

«Il suo nome, prego.» L'uomo lo osservava senza turbamenti.

«Chi siete, perdio? Dove sono?»

«La prego di rispondere.»

«Avete sbagliato persona! Non l'avete ancora capito?»

«La prego...»

«Non ho mai visto quei tre ebrei, non so chi siano...
Anzi lo so benissimo, sono tre malati di mente!»

«Qual è il suo nome?» disse ancora l'uomo, senza
scomporsi. Il professore scattò in piedi.

«Siete tutti pazzi! Come fate a credere a quei mentecatti?» Schizzava saliva dalla bocca. L'uomo si alzò
e uscì dalla stanza. Il professore si passò le dita sugli
occhi, disperato. Era stato un coglione. Se continuava
a fare così non avrebbe ottenuto nulla. Lui non era
Rudolf Sthönz, doveva trovare il modo di farlo sapere
a tutti... Era molto meglio mantenere la calma... Si
mise a camminare su e giù, avanti e indietro...

Il professore, la testa comodamente adagiata sul
cuscino, osservava la scena mordendosi le labbra, e
si domandava come sarebbe andata a finire. Era de-
cisamente appassionante.

Dopo qualche minuto la porta si aprì di nuovo. Un
uomo mascherato depositò sul tavolino un vassoio
con la cena. Roba di prima qualità. Il professore
non sapeva nemmeno capire se avesse fame. Si sedette
e mise in bocca un pezzo di pane, ma non gli passava
dalla gola e lo sputò. Fece fatica a mandare giù un po'
di macedonia. Bevve un po' d'acqua. Appena posò il
bicchiere sul tavolo, apparve nuovamente l'uomo con
la faccia sofferente, e si sedette davanti a lui come
prima. Il professore sospirò, rassegnato a non ribel-
larsi.

«Qual è il suo nome?»
«Rodolfo Stonzi.»
«Dove è nato?»

«Firenze.»

«Dove ha vissuto?»

«In Italia fino a ventun anni, poi in America.»

«Quante lingue conosce?»

«Tre.»

«Quali?»

«Italiano, francese e inglese.»

«Il tedesco?»

«Niente tedesco.»

«Di cosa si occupa?»

«Di biogenetica.»

«Cosa fa di preciso?»

«Ricerca e sperimentazione.»

«Esegue esperimenti su animali?»

«Questo cosa c'entra?»

«Perché si agita?»

«Non sono agitato... Vorrei solo capire...»

«Esegue esperimenti su animali?»

«Mi sarebbe impossibile evitarlo...»

«Cos'ha sul labbro?»

«Dove?»

«Che le è successo?»

«Parla di questo?»

«C'è del sangue.»

«Ho schiacciato un foruncolo...»

«Dov'era nel '23?»

«In Italia.»

«Era fascista?»

«Ero bambino.» Doveva stare calmo.

Il professore era estasiato... Era davvero emozionante osservare l'altro se stesso alle prese con una situazione così assurda... Sarebbe riuscito a cavarsela? Sperava che la scenetta non finisse troppo in fretta...

«Quando è nato?»

«Sette giugno 1918.»

«È mai stato in Germania?»

«Tre o quattro volte, diversi anni dopo la guerra.» Calmo...

«E in Polonia?»

«Mi ascolti... So bene cos'ha in mente, ma io non c'entro nulla con quella roba... Mi deve credere...»

«La prego di non alterarsi.»

«Fate delle ricerche... Controllate gli archivi... Ci sono documenti che provano quello che dico...»

«Potrebbero essere falsificati.»

«Certo! Potrei anche avere i genitori congolesi!»

«Lei è nervoso.»

«Al posto mio anche lei sarebbe nervoso.»

«Vogliamo solo fare chiarezza.»

«Con i pregiudizi non si può fare chiarezza.»

«Rodolfo Stonzi, Rudolf Sthönz. Non può essere un caso.»

«È ridicolo... Non si rende conto che è una banale storpiatura del mio nome?»

«Appunto...»

«Ma no, sa bene cosa voglio dire!»

«Si calmi.»

«Come faccio a restare calmo? Mi state accusando di essere stato un nazista!» Tirò un pugno sul tavolo.

«Credo sia meglio rimandare il colloquio» disse l'uomo, alzandosi in piedi con calma.

«Quale colloquio? A me sembra un interrogatorio.»

«Le consiglio di collaborare, la prossima volta.» Si avviò verso la porta.

«Aspetti... Posso sapere dove mi trovo?» chiese con gentilezza il professore, di nuovo arrendevole.

«Lo saprà quando è il momento.»

«Non se ne vada... La prego... Rispondo a tutto... Sarò buono... Sarò buono...» disse il professore, come se parlasse a sua mamma. Non voleva più stare da solo. Ma l'uomo aprì la porta e se ne andò senza una parola. Il professore si alzò e sferrò un calcio al tavolino, facendolo ribaltare. Si affacciarono due uomini con la maschera di cuoio, e rimisero il tavolino al suo posto.

«Posso fare una telefonata?» chiese il professore, alzando l'indice in aria. I due richiusero la porta e fecero girare la chiave.

«Portatemi almeno delle sigarette!» Silenzio. Il professore crollò sulla sedia e lasciò andare la testa sul tavolino. Si mise a borbottare, a piagnucolare come una donnicciola. Per fortuna non c'era nessuno a vederlo...

Così credeva lui... Invece no, c'era l'altro se stesso a guardarlo, il vero professor Rodolfo Stonzi... E non si perdeva nulla, si divertiva, osservava la scena con il sorriso sulle labbra...

Marianna... Dov'era Marianna? Stava pensando a

lui o lo aveva abbandonato? E come aveva potuto pronunciare quella frase? *Perdonatemi, io non sapevo...* Possibile che anche lei fosse impazzita? Doveva riuscire a parlare con lei. Che ci faceva chiuso in quella prigione? E chi erano questi figuri che lo avevano rapito? Si voltò verso il professore e glielo chiese.

«Chi sono questi figuri?»

«Non lo so...» rispose il professore, e il professore alzò le spalle.

«Sono dei maledetti stronzi figli di puttana...» disse, e il professore scoppiò a ridere... Anche se in realtà non rideva... Cioè... Era come se...

In quel momento poteva essere in America, nel suo laboratorio. I suoi studi sul condizionamento del feto, sulla modificazione dei geni per il controllo dei caratteri ereditari, la sua teoria sulla «pulizia» dei cromosomi, *Come ottenere un bambino bianco da genitori neri, e viceversa.* Gli esperimenti sulla creazione dei doppioni senza cervello, la programmazione della personalità... Stava per fare scoperte inimmaginabili, le sue teorie avrebbero marchiato a fuoco il terzo millennio, i filosofi avrebbero rimesso in discussione le loro idee sul Fondamento della Morale... Il suo nome sarebbe finito sulle enciclopedie di tutto il mondo, nei libri di testo per le scuole, nei romanzi... E invece era rinchiuso in una cella come un animale!

Per la terza volta apparve l'uomo con la faccia sofferente, e si sedette al solito posto. In un angolo era apparso un televisore. L'uomo offrì una sigaretta al professore, e accesero insieme.

« Vorrei farle vedere una cosa » disse gentilmente l'uomo, ma senza guardarlo.

« Che cos'è? » sussurrò il professore, agitato. L'uomo non rispose. Sfilò dalla tasca un telecomando e premette un tasto. Dopo qualche secondo apparvero sullo schermo delle immagini in bianco e nero, senza audio: un uomo con il camice bianco e una mascherina sul viso era piegato su un altro uomo legato nudo sopra un tavolo di legno. Ogni tanto l'inquadratura si allargava leggermente, poi di nuovo si stringeva per cogliere i particolari. Il chirurgo si voltava spesso verso la cinepresa, come se stesse parlando con qualcuno. L'uomo sdraiato si dimenava quanto poteva, serrato dalle cinghie. La sua bocca si apriva come una voragine sul viso scavato. Stava gridando, ma il filmato era senza sonoro. Sul suo torace scorreva abbondante del sangue nero, liquidissimo.

Il professore era inchiodato sulla sedia, e ansimava. Gli sembrava quasi di sentire le urla di quell'uomo... La cinepresa aveva immortalato momenti di un passato lontano... Ma per l'uomo legato a quel tavolo, molti anni fa, erano stati il *presente*...

Dopo un tempo infinito arrivò finalmente la morte, a portare la pace. L'uomo venne slegato e portato via. Il chirurgo si tolse la mascherina e i guanti insanguinati, annotò frettolosamente qualcosa in un registro e si voltò verso la cinepresa. Fece il saluto a Hitler, seguito da un largo sorriso. Dopo un secondo lo schermo diventò nero, e subito dopo tutto bianco. Poi apparvero altre immagini. Montagne di cadaveri nudi e scheletrici venivano spinti con una ruspa in grandi fosse... A quel punto, l'uomo con il viso sofferente spense il televisore con un sospiro.

«Queste ultime immagini le conosce certamente» mormorò. Il professore continuava a fissare lo schermo spento. Quello che aveva appena visto gli era rimasto negli occhi, non riusciva a liberarsene.

«Perché mi ha fatto vedere queste cose?» Le sue guance avevano un brutto colore. L'uomo con la faccia triste si alzò in piedi. La sua fronte aveva una ruga in più.

«Se abbiamo sbagliato persona non ha nulla da temere» disse l'uomo, accennando un sorriso freddo.

«State commettendo un grosso errore...»

«Nel caso le faremo le nostre scuse.»

«Dove mi avete portato?»

«Non le piace, qui?» disse l'uomo, per la prima volta ammorbidito dall'ironia, e se ne andò prima che il professore potesse aprire bocca. *Nel caso le faremo le nostre scuse...* Una mosca girava senza sosta da un capo all'altro della stanza, e il suo ronzio s'infilava nei pensieri di Rodolfo Stonzi... o di Rudolf Sthönz? No! Lui non c'entrava nulla con quelle cose... Non era mai stato in Polonia... Non era tedesco... Non era un nazista... Non si chiamava Rudolf Sthönz...

Il professore si alzò stancamente, e andò a sdraiarsi sul letto accanto al professore. Si sfioravano la spalla. Fissavano tutti e due la parete e continuavano a vedere il filmato in bianco e nero... Il chirurgo nazista e l'ebreo legato sul tavolo... E sangue, moltissimo sangue...

A un tratto gli venne in mente una bella ragazza che... Quando era stato? Di sicuro prima della guerra... Come si chiamava? Anita... Si chiamava Anita, come la sposa di Garibaldi... Poco a poco i ricordi diventarono più chiari... Che fine aveva fatto, Anita? Era molto carina... Aveva uno spazietto tra gli incisivi che...

Il professore cominciò a piangere, silenzioso... E il professore gli teneva la mano, per cercare di consolarlo... Lo so, non ti sei comportato bene con quella povera ragazza... Ma si sa che i giovani, a volte... Perché lo hai fatto, professore? Non lo so... Non lo so... Su, adesso non piangere... È acqua passata, ormai... Perché sei così triste? Adesso va tutto bene... Va tutto bene... Non vedi che la mamma viene a rimboccarci le coperte? Non essere angosciato... Hai freddo? Mamma, dove sei... Da ora in poi sarò buono, sarò buono... Cerca di dormire, professore... Hai uno sguardo che non mi piace... Chiudi gli occhi... Su, da bravo... Adesso dormi... La mamma ti racconta una fiaba... Lasciati cullare, professore...

DOKTOR STHÖNZ O PROFESSOR STONZI?
Tre sopravvissuti di Birkenau riconoscono un medico nazista

Ieri mattina al Palazzo dei Congressi tre uomini vestiti con la tipica casacca dei campi di sterminio...

La gente faceva la fila alle edicole e si metteva subito a leggere il giornale. C'erano anche le foto. La polizia cercava i tre uomini vestiti a righe per interrogarli, ma erano svaniti nel nulla. Chiunque avesse notizie era pregato di telefonare...

Bobo se ne fregava dei giornali. Era rintanato nella sua baracca e fumava, seduto contro il muro con lo sguardo fisso nel vuoto. In lontananza sentiva le macchine che correvano sulla strada. Sputò in un angolo. Si sentiva appagato. Punire i colpevoli gli dava soddisfazione. Soprattutto quelli che credevano di averla fatta franca. L'uomo era spazzatura, lui lo sapeva bene. Solo sottoterra avrebbe smesso di detestare la razza umana. Non risparmiava nessuno. Non esistevano innocenti.

Sentì la voce lamentosa della vecchia che un paio di volte alla settimana veniva a dare da mangiare ai gatti randagi della zona. A volte portava qualche avanzo anche a lui. Lo chiamava «figliolo», e ogni volta prima di andarsene lo benediceva tracciando in aria un segno della croce. Camminava piegata in avanti come un saluto romano, e non aveva più nemmeno un dente. Cosa viveva a fare, una povera vecchia come quella?

«Ci sei, figliolo?»

«Ci sono.»

«Ti ho portato un po' di pollo e un pezzo di pane.»

«Grazie.»

«Non vieni a prenderli?»

«Vengo.» Bobo si affacciò fuori dalla baracca e prese il fagotto.

«Stai bene, figliolo?»

«Sto bene.»

«Mi fa piacere, mi fa piacere... Hai avuto freddo stanotte?»

«Non ho mai freddo.»

«È una fortuna, una bella fortuna.» La vecchia alzò la mano e lo benedisse come sempre, biascicando qualcosa. Se ne andò barcollando sulle sue gambette storte, e nell'aria rimase un fetore di aglio.

Bobo lasciò andare il fagotto in un angolo della baracca, e si rimise a sedere come prima. Aveva voglia di andarsene. Quella porca città non gli era mai piaciuta. Decise che presto sarebbe andato a Parigi. E se ci fosse andato subito? Perché no? Si alzò, radunò i suoi stracci e uscì dalla baracca. In fondo alla grande distesa di terra ricoperta di erbacce, si alzava la lunga fila di palazzi che segnava l'inizio della città. Si fermò solo un istante a guardare dei piccoli fiori gialli che ondeggiavano al vento, poi s'incamminò verso Parigi.

A una certa ora della notte il professore vide il professore alzarsi dal letto, e si scambiarono un sorriso.

«Che fai?»

«Ora lo vedi...» Il professore prese la rincorsa e si lanciò contro il muro con la testa avanti. Morto sul colpo.

Lo trovarono la mattina, con la faccia sopra una pozza di sangue e gli occhi sbarrati. I telegiornali di tutto il mondo aprirono con la stessa notizia.

FAMOSO SCIENZIATO DI BIOGENETICA SI UCCIDE
SPACCANDOSI LA TESTA CONTRO IL MURO

Il cadavere di Rodolfo Stonzi fu sigillato in una cassa di zinco e spedito negli Stati Uniti, a New York, dove il professore risiedeva ormai da decenni. Venne celebrato un funerale grandioso, addirittura con la banda. La chiesa era stracolma di gente, e anche nella piazza si era accalcata una folla immensa. Qualche giorno dopo alla Casa Bianca arrivò un plico del Ministero dell'Interno italiano con i particolari della vicenda. Nei giorni successivi, sui giornali se ne parlava ancora... Il professore era stato davvero un ex medico nazista? Era stato un macabro errore? O una congiura? Dopo una settimana il professor Rodolfo Stonzi sparì dai notiziari, e il mondo si dimenticò di lui.

Nel cielo nero scintillavano milioni di stelle minuscole. Rocco si sentiva stanco, molto stanco. Aveva voglia di stare un po' da solo. Meno male che dopo il tramonto Steppa se n'era andato chissà dove. Prese dalla tasca le cento lire del Vaticano che aveva conservato per mille anni e le lanciò nel fiume, senza nemmeno guardare dove finivano. Si sdraiò sul materasso, sperando di addormentarsi subito. Chissà quando sarebbe sparito quel numero blu già un po' sbiadito che Bobo gli aveva disegnato sul polso con il pennarello indelebile: 020423. Aveva una brutta bronchite, e per proteggersi dal freddo si era messo dei fogli di giornale sotto la canottiera. Era solo un caso che sopra una di quelle pagine ci fosse stampata la foto di Rudolf Sthönz.

Pensò a chi diceva che la vendetta non dava nessuna soddisfazione, che lasciava l'amaro in bocca... Tutte balle. La sua vita sarebbe rimasta la stessa merda di prima, ma almeno si sentiva più leggero. Era tutto finito, tutto finito, finalmente. Anche il mondo era più leggero, adesso? Si girò su un fianco, cercando una posizione più comoda. Un grosso ratto nero gli passò vicino ai piedi, esalando dal pelo un fumo giallo e denso che sapeva di fiammifero appena spento. Passò oltre saltellando, si fermò sul ciglio del fiume annusando l'aria, fece un ringhio e si buttò nell'acqua scomparendo nella corrente.

MARCO VICHI
LA FORZA DEL DESTINO

È la primavera del 1967. L'alluvione di novembre, con il suo strascico di tragedie e di detriti, sembra essersi placata e Firenze comincia di nuovo a respirare. Ma non il commissario Bordelli. Per lui non c'è pace dopo un fatto che gli è successo. Indagando sull'omicidio di un ragazzino, si è scontrato con i poteri occulti della massoneria ed è stato costretto alla resa con un «messaggio» molto chiaro: lo stupro di Eleonora, la giovane commessa con cui aveva appena intrecciato una relazione appassionata, e una lista con i nomi di tutte le persone a lui più care. Sconfitto e amareggiato, Bordelli si è dimesso dalla polizia e ha lasciato San Frediano. Che altro avrebbe potuto fare? «Quando non si rispettano le regole del gioco, è bene smettere di giocare.» Adesso trascorre le giornate cucinando, facendo lunghe passeggiate nei boschi, imparando a far crescere le verdure nell'orto. Il pensiero di quella resa, di quella violenza senza giustizia, però, non lo abbandona. Ma il destino, in cui fino ad ora non ha creduto, gli offre inaspettatamente l'occasione di fare i conti con il passato, e Bordelli non si tira indietro.

MARCO VICHI
MORTE A FIRENZE

Firenze, ottobre 1966. Non fa che piovere. Un bambino scompare nel nulla e per lui si teme il peggio, forse un delitto atroce. Il commissario Bordelli indaga disperatamente, e durante le indagini arriva l'alluvione... La notte del 4 novembre l'Arno cresce, si ingrossa, va a lambire gli archi di Ponte Vecchio, supera gli argini e la città è travolta dalla furia delle acque. Le vie diventano torrenti impetuosi, la corrente trascina automobili, sfonda portoni e saracinesche, riversando nelle strade cadaveri di animali, alberi, mobili e detriti di ogni genere. Mentre la città è alle prese con quella inaspettata e inimmaginabile tragedia, il delitto sembra destinato a rimanere impunito, ma la tenacia di Bordelli non vien meno...

Fotocomposizione Editype s.r.l.
Agrate Brianza (MB)

Finito di stampare
nel mese di maggio 2013
per conto della Ugo Guanda S.p.A.
da Press Grafica s.r.l.
Gravellona Toce (VB)
Printed in Italy